Ahmed Madani

Je marche dans la nuit par un chemin mauvais

Notes et dossier rédigés
par Laure Sermage

Les Ateliers d'ACTES SUD

Dans Les Ateliers d'*ACTES SUD*

Collège

GRUMBERG, Jean-Claude, *Marie des grenouilles*, suivi de *Iq et Ox*.
LEWIS, Roy, *Pourquoi j'ai mangé mon père*.
OVIDE, *Les Métamorphoses*.
POMMERAT, Joël, *Pinocchio*.
STEVENSON, Robert L., *Le Cas étrange du Dr Jekyll et de Mr Hyde*.

3e-Lycée

GAUDÉ, Laurent, *Cris*.
Eldorado (à paraître en août 2021).
MADANI, Ahmed, *Je marche dans la nuit par un chemin mauvais*.

Lycée (à paraître en août 2021)

BELLAY, Joachim du, *Sonnets d'amour et d'exil*.
ENARD, Mathias, *Parle-leur de batailles, de rois et d'éléphants*.
HUGO, Victor, *Le Dernier Jour d'un condamné*.
POMMERAT, Joël, *Cendrillon*.

ISBN 978-2-330-13544-7

Sommaire

Sur le seuil

Je marche dans la nuit par un chemin mauvais

La fabrique du texte

L'atelier de lecture

Résonances et rebonds

Sur le seuil

Comment un souvenir traumatisant hante-t-il le cœur d'un homme et influe-t-il sur la vie d'une famille ?

Ahmed Madani s'empare de cette question dans *Je marche dans la nuit par un chemin mauvais*. Dans cette courte pièce écrite en 2014, le dramaturge (né en Algérie en 1952) met en scène une cohabitation forcée entre un grand-père et son petit-fils. De disputes en confidences naît une complicité affectueuse entre Pierre, l'aïeul, et Gus, l'adolescent. Mais le premier retrouve son passé sous les traits du jeune homme : il a eu vingt ans en Algérie, pendant la guerre, et cache un lourd secret.

Pour aborder cette pièce, laissez-vous porter par les planches de **Claire Le Gal**, l'artiste invitée de cette édition. Elles sont l'occasion de construire des hypothèses de lecture sur l'œuvre d'Ahmed Madani.
Puis approfondissez votre lecture grâce aux commentaires et activités proposés en fin de volume.

Claire Le Gal, l'artiste invitée de cette édition,
est née en 1993. Elle est diplômée
de l'école Estienne et des Arts décoratifs de Paris,
et a effectué un bref passage à la Parsons School de New York.
Elle vit et travaille à Paris où elle enseigne la gravure.

[Planche 1]

[Planche 2]

[Planche 3]

[Planche 4]

[Planche 5]

[Planche 6]

Je marche dans la nuit par un chemin mauvais

À Pierre Orma[1] *qui m'a confié sa guerre qui est aussi la mienne.*
À Ishem et Valentin, mes fils.
À Joël Tronquoy[2]*, mon frère de larmes.*

Les morts sont des invisibles,
Ils ne sont pas des absents.

SAINT AUGUSTIN[3]

Nous sommes moins libres que nous le croyons, mais nous avons la possibilité de reconquérir notre liberté et de sortir du destin répétitif de notre histoire en comprenant les liens complexes qui se sont tissés dans notre famille.

ANNE ANCELIN SCHÜTZENBERGER,
Aïe, mes aïeux[4] *!*

1. **Pierre Orma** (1936-1997) : homme de théâtre, à la fois comédien et metteur en scène, cofondateur de la compagnie théâtrale La Vache cruelle en 1981, ami d'Ahmed Madani.
2. **Joël Tronquoy** (né en 1953) : président de la compagnie théâtrale d'Ahmed Madani, Madani Compagnie.
3. **Saint Augustin** (354-430) : philosophe et théologien chrétien romain, l'un des Pères de l'Église occidentale, auteur des *Confessions*, œuvre autobiographique dans laquelle il raconte sa quête de Dieu.
4. **Anne Ancelin Schützenberger** (1919-2018) : psychologue, psychothérapeute et universitaire française. Ses travaux portent notamment sur les liens transgénérationnels et les secrets de famille.

Personnages

GUS, dix-sept ans
PIERRE, soixante-dix-huit ans

Une maison entourée d'un vaste jardin broussailleux.
Temps clément.

1. Dernier soir dans la brousse

C'est la nuit.

Gus entre dans la cuisine, il va dans la réserve. Il revient avec une bouteille de lait. Il boit au goulot et pose la bouteille sur la table puis se dirige vers la porte.

Il regarde le ciel étoilé, demain il fera beau.

Il s'assoit sur les marches du perron, allume une cigarette, tire une longue bouffée. Il est bien.

Son regard se pose sur l'allée et il voit Pierre allongé dans l'herbe, il se précipite.

Musique percussive[1] *très rythmée et puissante. Gus est en panique.*

Il ausculte Pierre, lui prend le pouls.

Pierre ne réagit pas.

Gus court chercher une bouteille d'eau, revient et arrose le visage de Pierre.

Pierre ne se réveille pas.

Gus cherche son portable. Il ne l'a pas sur lui. Il court dans tous les sens et revient avec le téléphone. Au-dessus de Pierre, il compose le numéro des urgences. Ça coupe, il s'y reprend à plusieurs fois. On n'entend pas sa voix lorsqu'il parle au pompier de garde. Il fait de grands gestes, range son téléphone puis couvre Pierre avec son sweat.

Noir et silence au même moment.

1. **Percussive** : produite par des instruments à percussion (grosse caisse, tambour, cymbale...).

2. Côte à côte

Pierre et Gus sont debout, côte à côte.

PIERRE. – Je ne parle plus avec personne plus envie de parler
quand Marie était là je ne lui parlais pas non plus
on s'était tout dit
côte à côte on finit par deviner tout ce que l'autre va dire
on ne s'embarrasse plus des mots
on se regarde c'est bien suffisant

GUS. – Le lycée ça me saoule

PIERRE. – Ma biche

GUS. – Voir les potes ça me saoule

PIERRE. – Tu me manques

GUS. – Bouger ça me saoule

PIERRE. – J'ai hâte de te retrouver

GUS. – Le ménage ça me saoule

PIERRE. – Je pose sur tes lèvres douces un long baiser que toi seule peux recevoir

GUS. – Ma mère me saoule
Mon père me saoule
Ma sœur me saoule

PIERRE. – Six cent quarante-deux lettres

GUS. – Je sors plus de ma chambre
Je veux plus voir personne

PIERRE. – Après je ne lui ai plus jamais écrit

GUS. – Je veux qu'on m'oublie

PIERRE. – Il y a longtemps j'ai voulu qu'on m'oublie

GUS. – Je fume

PIERRE. – Il y a longtemps j'ai voulu tout oublier

GUS. – Je joue

PIERRE. – Une fois j'ai oublié où j'avais garé la voiture

GUS. – Je fume je joue

PIERRE. – Ça m'est revenu deux jours après

GUS. – Je bois du lait

PIERRE. – Une fois j'ai oublié où j'avais caché les clefs de la maison
J'ai fait venir le serrurier

GUS. – Je dors

PIERRE. – Je ne rêvais plus

GUS. – Je veux qu'on m'oublie

PIERRE. – Pendant des années je ne rêvais plus
maintenant les rêves je m'en souviens
maintenant la voiture reste au garage
maintenant je fais tout à pied
maintenant j'ai toujours mes clefs dans ma poche
maintenant les souvenirs oubliés je m'en souviens

GUS. – En bas dans le salon ils ne parlent que de moi
ils ne parlent pas ils gueulent
ils s'engueulent
sur l'écran je *trip* je massacre une armée de zombies
j'ai des super-armes
j'ai de plus en plus de vies
je suis immortel
mon père défonce la porte de ma chambre

cauchemar
il prend ma PS3 et la balance par la fenêtre
cauchemar
il prend mon PC et le balance par la fenêtre
cauchemar
je vais dans sa chambre
je prends le grand miroir posé sur la cheminée
et je le balance par la fenêtre
cauchemar
mon père se jette sur moi
ma mère crie
ma sœur pleure
je me défends
mon père fait un
malaise cardiaque
les pompiers les urgences
après obligé de discuter
ma mère a une idée géniale
tu vas chez papi à Argentan[1]
dans la brousse

PIERRE. – Pas capables d'élever leur gosse
pas d'éducation ni bonjour ni au revoir
pas peigné
pas lavé
un fainéant[2]
me téléphone jamais
m'écrit jamais
vient jamais me voir
non je ne conduis plus il viendra à pied

GUS. – Salut papi

1. **Argentan** : ville de la campagne normande, située dans le département de l'Orne.
2. **Fainéant** : paresseux.

PIERRE. – Mets des chaussons

GUS. – Qu'est-ce qu'on mange

PIERRE. – De la soupe

GUS. – Je déteste la soupe
je savais que ça allait commencer par ça
la soupe
j'ai pas faim

PIERRE. – Ils donnent n'importe quoi à manger à leurs gosses
et après ils s'étonnent qu'ils n'aiment plus rien
mange ta soupe

GUS. – J'ai pas faim

PIERRE. – Il n'y a rien d'autre

GUS. – Je vais manger cette soupe
mais elle me dégoûte

PIERRE. – Elle le dégoûte
mais il la mangera
alors l'école ça va

GUS. – Elle est où la télé

PIERRE. – À la cave

GUS. – T'as toujours pas Internet

PIERRE. – Sais pas ce que c'est et veux pas le savoir

GUS. – Y a un cyber[1] en ville

PIERRE. – Sais pas ce que c'est et veux pas l'savoir

GUS. – Je sens que ça va être cool ici

---

1. **Cyber** : abréviation pour cybercafé, lieu d'accès à Internet.

PIERRE. – Ta chambre est en face de la mienne
demain je te réveille à sept heures
il y a du débroussaillage[1] à faire
bonne nuit

GUS. – C'est quoi ce plan

PIERRE. – À sept heures

GUS. – Demain j'me tire

3. Convention d'obsèques

Début d'après-midi. Pierre entre dans la cuisine et trouve Gus avachi sur sa chaise devant une bouteille de lait.

PIERRE. – T'as dormi où

GUS. – Dans le garage

PIERRE. – Pourquoi

GUS. – Pour pas que tu me réveilles à sept heures

PIERRE. – J'ai pas vu ton sac j'ai cru que t'étais reparti
je suis passé aux pompes funèbres
payer ma convention d'obsèques
vous n'aurez pas à vous en occuper

GUS. – C'est quoi une convention d'obsèques

PIERRE. – C'est un contrat avec les pompes funèbres
quand j'aurai passé l'arme à gauche
tout sera organisé
il n'y aura plus rien à faire

1. **Débroussaillage** : action de débarrasser un terrain de la végétation qui l'a envahi.

mamie voulait être incinérée[1]
elle est là sur la cheminée
moi je veux être mis dans la terre
et j'emmènerai mamie avec moi

GUS. – Cool on démarre bien la journée

PIERRE. – Pour moi la journée est démarrée depuis six heures

GUS. – J'ai rien à faire j'vois pas à quoi ça me servirait de me lever
si je pouvais rester couché toute la journée
je le resterais

PIERRE. – Ce n'est pas en restant couché que tu vas trouver des choses à faire pour te lever

GUS. – Il n'y a rien à faire dans la brousse

PIERRE. – Si débroussailler allez viens je t'ai attendu

GUS. – On achètera des Miel Pops[2]
(Pierre ne comprend pas.)
Des Miel Pops

Ils sortent.

4. Débroussaillage

Un peu plus tard. Gus est assis sur les marches et joue avec son portable. Pierre entre, visiblement très en colère. Gus lui répond tout en continuant à jouer sur son portable.

PIERRE. – Pourquoi tu t'es arrêté

---

1. **Être incinérée** : que son corps soit réduit en cendres (plutôt qu'enterré) ; Pierre conserve les cendres de Marie dans une urne sur la cheminée.
2. Miel Pops est le nom d'un produit d'une grande marque américaine proposant notamment des céréales pour le petit-déjeuner.

GUS. – Ça saoule ton jardin

PIERRE. – J'étais en train de te montrer t'as encore rien fait

GUS. – Pas envie de débroussailler

PIERRE. – Je ne te demande pas ton avis

GUS. – Je débroussaille pas OK

PIERRE. – Tu débroussailles pas alors tu manges pas

GUS. – C'est quoi ce plan

PIERRE. – Tu débroussailles pas tu manges pas
et puis regarde-moi quand je te parle

Gus ne réagit pas. Pierre lui arrache son portable des mains.

GUS. – Non non rends-moi mon portable

PIERRE. – Non

GUS. – Rends-moi mon portable

PIERRE. – Non

GUS. – T'as pas le droit de me le prendre rends-le-moi

PIERRE. – Non

Petite échauffourée[1]*, hurlements de Gus, gestes déplacés.*

GUS. – *Fuck fuck* j'te déteste

Il s'en va.

PIERRE. – Où tu vas
reviens
p'tit con un p'tit con c'est un petit con de première

Il sort.

---

1. **Échauffourée** : affrontement, bagarre.

5. Repas

Soir. Chacun est dans sa bulle. Pierre, attablé, mange sa soupe à même la casserole. Gus est assis dehors sous la fenêtre. Silence. Un temps passe. Pierre dessert la table. Par la fenêtre, il s'adresse froidement à Gus.

PIERRE. – Demain je te réveille à sept heures

GUS. – Rends-moi mon portable

PIERRE. – À sept heures

Gus sort furieux. Pierre sort également.

6. Silence

Pierre et Gus se font la gueule. Chacun boude de son côté, épie l'autre, se morfond[1] *dans son coin. C'est une scène qui est totalement muette. Elle se construit à partir de situations inventées par les acteurs et le metteur en scène. Il y a un climat de tension, de guerre froide, il faut montrer qu'il n'y a aucune communication entre le grand-père et son petit-fils. Pierre et Gus s'évitent, ne se regardent pas ou alors seulement à la dérobée*[2]*. Le climat est oppressant, les silences sont lourds. Les bruits, s'ils existent, expriment la tension entre les personnages. Pierre entre, avec ses mots croisés, il s'installe dans le coin où Gus a pris ses habitudes, Gus arrive pour s'y installer, il mendie son portable.*

GUS. – S'te plaît

Pierre ne le regarde même pas. Pierre se lève pour aller chercher son crayon, Gus en profite pour donner un coup de pied dans son tabouret et reprendre sa place. Un temps passe. Gus se réveille, on entend Quand

1. **Se morfond** : est plongé dans l'inquiétude et la tristesse.
2. **À la dérobée** : discrètement, sans se faire remarquer.

on n'a que l'amour chanté par Brel[1]*, Gus change et met du rap. Pierre survient, remet sa musique et sort. Gus remet un rap et s'enfuit.*

7. Téléphone

Matin. Le téléphone sonne. Pierre entre.

PIERRE. – Allô Ah c'est toi bonjour Muriel
oui je vais bien
oui il va bien ton Gus
je ne peux pas te le passer il n'est pas là
je ne sais pas il est sorti
aucune idée
son téléphone est toujours sur messagerie
ah je ne sais pas
oui oui
oui on s'entend bien
comme larrons en foire[2] ah ah ah
à sept heures tous les matins
oui je dis bien sept heures est-ce que j'ai l'air de blaguer
et Brahim il va mieux
ah il a repris le travail
oui il travaille beaucoup
bon je ne peux pas trop te parler là
oui oui je lui dirai que tu as appelé
qu'il te rappelle d'accord je lui dis
oui je t'embrasse ma chérie
oui je l'embrasse
(Il raccroche.)
Compte sur moi pour embrasser ce petit con

1. ***Quand on n'a que l'amour*** : titre d'une chanson écrite et interprétée par le chanteur belge Jacques Brel (1929-1978).
2. **Comme larrons en foire** : à merveille (expression familière).

8. Colère

Fin de matinée. Gus est assis dans son coin sous la fenêtre, Pierre à l'autre bout dans le jardin. Ils s'ignorent totalement.

GUS. – On est restés comme ça pendant quatre jours
sans échanger un seul mot
il ne me donnait plus rien à bouffer
j'étais mort de faim
j'avais perdu au moins cinq kilos
(Pierre sourit avec un petit geste induisant le doute.)
Bon j'exagère mais au moins trois c'est sûr
Et un matin
(Pierre balance un seau d'eau sur la tête de Gus et sourit.)
Putain papi mais t'es malade
je suis complètement trempé
j'ai pas envie de me lever
t'entends pas envie de me lever
pas envie de me lever
putain
tu me lâches
plus envie de rien
pas envie d'être dans ce trou à rats
pas envie de te voir
pas envie de débroussailler ton jardin de merde
tout est mort ici
c'est le bout de la terre
je suis loin de tout
de tout ce que j'aime
de tout ce que je connais
de tous mes potes
je hais la campagne
je hais les arbres
je hais les fleurs
je hais l'herbe

je hais les oiseaux
tout me fait chier ici
personne m'écoute
tout le monde s'en fout de moi
et toi t'es de leur côté
t'es exactement comme eux
tu me laisses pas respirer
t'es tout le temps sur mon dos
fous-moi la paix j'en ai marre de toi
t'es exactement comme mon père
exactement comme lui
mais est-ce que je dis ce que tu dois faire
est-ce que je t'emmerde avec tes petites manies
avec ton petit journal
ta p'tite goutte tes p'tites sucrettes tes p'tites mouillettes[1]
je te fous la paix putain
je te laisse vivre comme t'as envie
je suis pas H24[2] sur toi
lâche-moi moi lâche-moi
t'es avec eux
t'es qu'un flic
vous passez votre temps à m'espionner
à me fliquer
à m'engueuler
mais j'ai une vie merde une vie
vous gâchez ma vie
je vous déteste tous
je veux m'enfuir dans un désert sans air sans eau
fuck you fuck you

---

1. Gus énumère les « petites manies » de Pierre : un peu de liqueur ou d'eau-de-vie (la « **goutte** »), des pastilles destinées à remplacer le sucre dans les régimes à basses calories (les « **sucrettes** ») et des petites languettes de pain beurrées qu'on trempe dans les œufs à la coque ou dans une boisson (les « **mouillettes** »).
2. **H24** : continuellement (expression familière, équivalant à « vingt-quatre heures sur vingt-quatre »).

PIERRE. – Et là il a pris son sac
et il est sorti
c'était dimanche
il a loupé le dernier train
il a essayé de faire de l'auto-stop
le temps a tourné à l'orage
il s'est mis à pleuvoir à seaux

GUS. – Quatre heures sous la flotte

PIERRE. – Personne ne l'a pris

GUS. – Personne ne m'a pris

PIERRE. – T'es revenu la queue basse[1]

GUS. – J'étais complètement trempé je savais pas où aller
et en plus sans mon portable je ne pouvais rien faire

PIERRE. – J'avais préparé du colin[2] gratiné

GUS. – J'en ai repris trois fois tellement j'avais trop la dalle

PIERRE. – Et après on a fait la paix des braves[3]

GUS. – Ouais avec des hauts et des bas
(Pierre rend à Gus son portable.)
Oh merci papi
y a Logan qui m'a appelé
tu peux commencer à manger sans moi

Il sort tout joyeux. Pierre rit.

1. **La queue basse** : confus, honteux d'avoir échoué (expression familière).
2. **Colin** : poisson de mer.
3. **Paix des braves** : expression qui désigne la paix accordée dans des conditions honorables à ceux qui ont combattu avec courage.

9. À la faux[1]

Fin de journée. Pierre prépare la soupe, Gus arrive du jardin épuisé et en sueur.

GUS. – Y a quelque chose de frais à boire

PIERRE. – Il y a de l'eau au frigo
(Gus sort une bouteille de lait.)
Le lait c'est pour le petit-déjeuner

GUS. – J'en peux plus je suis complètement HS
je suis mort de soif et t'as même pas un jus de fruits
j'ai besoin de calories moi
à la faux papi tu ne te rends pas compte
un hectare[2] à débroussailler à la faux

PIERRE. – Tu n'es qu'une petite nature
couche-toi plus tôt et tu auras de l'énergie pour travailler
moi je le faisais en moins d'une semaine

GUS. – T'as pas vu comment l'herbe est haute minimum trois ans que tu ne l'as plus coupée

PIERRE. – Je me suis occupé de ta grand-mère

GUS. – Peut-être mais maintenant c'est la forêt vierge

PIERRE. – Tu es solide comme un roc

GUS. – Tu pourrais au moins t'acheter une débroussailleuse

PIERRE. – Les débroussailleuses c'est pour les fainéants

---

1. **Faux** : outil à lame tranchante légèrement recourbée et fixée sur un long manche, utilisé pour couper les herbes et les fourrages.
2. L'**hectare** est une unité de mesure de superficie valant 10 000 m^2 et correspondant donc à une surface carrée de 100 m de côté.

GUS *(grignotant des madeleines).* – On n'est plus au Moyen Âge papi
faut vivre avec son temps
elle ne coupe pas ta faux
j'avance pas

PIERRE. – Écoute il n'y a jamais eu de débroussailleuse ici et il n'y en aura jamais
et arrête de manger mes madeleines

GUS. – Là je me suis retenu pour ne pas péter les plombs
qu'est-ce qu'on mange ce soir

PIERRE. – Du poisson

GUS. – Là j'ai pété les plombs
encore c'est l'horreur totale c'est plein d'arêtes
tu pourrais au moins acheter des nuggets

PIERRE. – Sais pas ce que c'est

GUS. – Sais pas ce que c'est sais pas ce que c'est
ouvre un dico putain
c'est du poulet grillé

PIERRE. – Je ne mange que du poulet fermier

GUS. – Oh là là t'es relou

PIERRE. – Quoi

GUS. – Bon je vais aller prendre une douche

PIERRE. – C'est ça va prendre une douche

Gus sort. Il téléphone à sa mère.

GUS. – Ouais passe-moi maman passe-moi maman j'te dis
Ouais maman c'est Gus c'est le gros délire ici
j'en peux plus c'est pire que l'esclavage

ça fait quatre jours que je débroussaille à la faux
à la faux je débroussaille à la faux
hein non mais je suis complètement mort
non laisse tomber en plus tous les jours de la soupe et du poisson du poisson
je vais attraper le cancer du poisson maman
hein c'est pire que le bagne[1]
j'en peux plus je rentre
quel contrat
non alors al... non... al... j'ai pas signé de cont...
ouais j'ai signé un contrat mais c'était pas pour débroussailler un hectare à fond
OK OK j'ai signé mais pas pour être esclave
non
non non et non maman
quoi papa
j'l'ai pas frappé
j'l'ai pas frappé
c'était un accident
un accident
c'est dégueulasse
chier vous me faites tous chier
fuck you
non je ne l'ai pas frappé
l'ai pas frappé j'te dis
c'est dégueulasse
chier vous me faites tous chier
fuck you

1. **Bagne** : établissement pénitentiaire de travaux forcés. Gus se plaint d'être contraint à un travail pénible chez son grand-père.

10. Madeleines et chocolat

Soir. Fin du repas. Gus débarrasse. Pierre va chercher une bouteille de calva[1].

GUS. – Tout a recommencé avec les madeleines
on était à table
on avait fait la paix
disons que ça allait de mieux en mieux
j'avais fait un effort et passé la semaine à débroussailler
on a dîné et à la fin du dîner
(Pierre tend un verre à Gus. Ils trinquent.)
C'est quoi

PIERRE. – Goûte

Gus boit et s'étouffe.

GUS. – C'est fort

Ils rient.

PIERRE. – Et maintenant ma petite madeleine

GUS. – Il n'y en a plus

PIERRE. – Il n'y en a plus

GUS. – Non

PIERRE. – Va donc chercher un paquet dans la réserve

GUS. – Il n'y en a plus papi

PIERRE. – Il n'y en a plus

GUS. – Il n'y en a plus

---

1. **Calva** : abréviation pour « calvados », eau-de-vie de cidre à l'origine fabriquée dans le département du Calvados, en Normandie.

PIERRE. – Tu veux dire que la réserve est

GUS. – Il n'y en a plus
(Silence.)
J'ai eu un p'tit creux cette nuit

PIERRE. – Un p'tit creux

GUS. – Un p'tit creux

PIERRE. – Et tu as mangé les madeleines

GUS. – Mmm

PIERRE. – Quatre paquets tu as mangé quatre paquets de madeleines

GUS. – Trois et demi

PIERRE. – Tu aurais pu m'en laisser au moins une pour mon café

GUS. – J'ai oublié

PIERRE. – Ah tu as oublié

GUS. – J'suis désolé papi

PIERRE. – Ah tu es désolé
tu sais ce que j'éprouve quand je mange ma madeleine
tu le sais
non tu ne peux pas le savoir
sinon tu m'aurais laissé une madeleine au moins une
tu t'en fous de ton grand-père
tu es un sauvage
tu ne penses qu'à toi
va me chercher un carré de chocolat

GUS. – Là vraiment j'étais pris au piège

PIERRE. – Quoi le chocolat aussi
tu n'as pas mangé tout le chocolat quand même

GUS. – J'avais ratiboisé[1] sa réserve

PIERRE. – Un ogre
j'ai un ogre dans la maison
c'est une machination familiale
tes parents t'ont envoyé ici pour qu'il ne reste plus rien après ton passage
Attila[2] Ils m'ont envoyé Attila

GUS. – Le chocolat j'arrive pas à gérer

PIERRE. – Le chocolat j'arrive pas à gérer
pas de tête pas de bras
un tube digestif sur pattes
si tu as faim mange du pain

GUS. – T'as même pas de Nutella

PIERRE. – Tu n'as pas connu le rationnement[3] la faim

GUS. – Ça y est retour à l'âge de Pierre[4]

PIERRE. – Quoi

GUS. – C'est bon papi je vais aller t'en racheter

PIERRE. – Ah oui et avec quel argent

GUS. – Je te rembourserai

PIERRE. – Et avec quoi tu vas me rembourser
tu ne gagnes pas d'argent

---

1. **Ratiboisé** : volé, raflé (mot familier).
2. **Attila (v. 395-453)** : roi des Huns. Surnommé « le Fléau de Dieu », il fut l'un des ennemis les plus redoutés de l'Empire romain.
3. **Rationnement** : limitation de la distribution et de l'approvisionnement de biens et de denrées pour les répartir à la population lorsqu'ils ne sont disponibles qu'en quantité limitée. Cette mesure a été prise notamment pendant la Seconde Guerre mondiale.
4. Gus se moque de son grand-père en l'associant par son prénom à la période la plus ancienne de la préhistoire.

GUS. – J'ai passé la semaine à débroussailler normalement tout travail mérite salaire

PIERRE. – Tu veux être payé parce que tu m'as donné un petit coup de main

GUS. – Et là c'est reparti on a commencé à s'embrouiller grave
(« Ils s'embrouillent grave » avec des gestes, des mouvements. Leurs bouches articulent des mots que l'on n'entend pas. Pierre sort furieux.)
Je ne savais pas encore pour ses madeleines
il est monté dans sa chambre et il a claqué la porte
alors je suis sorti
cette fois-ci j'avais la ferme intention de ne plus jamais revenir
de partir définitivement quelque part
ailleurs
prendre un bateau pour l'Australie
faire du stop jusqu'à Amsterdam
monter dans le Grand Nord pour travailler dans les usines de poisson
paraît qu'on gagne sept mille cinq cents euros par mois
il en ferait une tête si je revenais et lui balançais vingt mille euros cash[1] sur la table
« tiens c'est pour tes madeleines et ton chocolat ! »
après j'ai marché dans les rues
mais à vingt-deux heures tout le monde dormait
et à vingt-trois heures les lampadaires se sont éteints
là c'était trop horrible Argentan dans le noir
tu meurs
j'ai eu envie de me suicider
j'ai passé dans ma tête quelques idées faciles de suicide
me jeter sous les roues d'une voiture
mais dans ce trou perdu personne roule jamais à plus de trente

1. **Cash** : en espèces.

en plus pas une seule voiture n'est passée
j'ai voulu aller me jeter du pont de l'Orne[1]
mais j'ai le vertige en plus l'été y a à peine quarante centimètres de fond
le coup de la lame de rasoir qui coupe net les veines des poignets
dans la baignoire
me semblait un bon plan
y paraît qu'on sent rien
sauf qu'il n'y avait pas de baignoire à la maison
donc après avoir bien réfléchi j'ai décidé de me pendre
se pendre c'est facile une chaise une corde et c'est réglé
je suis revenu avec la ferme intention d'en finir à jamais
fuck fuck
la porte était fermée à clef
pas une seule fenêtre ouverte
j'avais trop d'amour-propre pour sonner
de toute façon il était sourd comme un pot
les cordes étaient rangées à la cave impossible de les récupérer
le lendemain il m'a trouvé endormi dans le garage
il ne m'a pas dit un mot
il a juste posé le ciseau à haie à mes pieds
j'avais trop la rage qu'il ne m'ait pas trouvé pendu à une branche du pommier
alors je me suis vengé
sur sa haie

Il s'enfonce dans les herbes au loin.

1. **Orne** : fleuve côtier du Nord-Ouest de la France qui coule dans la plaine d'Argentan.

11. Pêche à la torche[1]

Après-midi. Les herbes volent, la débroussailleuse fait un bruit d'enfer. Gus arrive très excité et joyeux. Pierre le rejoint.

GUS. – J'ai trouvé la débroussailleuse dans l'appentis[2] du jardin
il l'avait déballée et montée
j'ai poussé un cri de joie
j'ai bossé toute la journée comme un malade
j'adore ça le bruit que ça fait
l'odeur de l'essence
j'arriverais pas à m'arrêter
hein papi j'arrivais pas à m'arrêter

PIERRE. – Il n'arrivait plus à s'arrêter
les gamins il ne leur faut pas grand-chose pour être heureux
je lui apportais à boire
il buvait et il remettait ça
fallait voir tomber les broussailles de tous les côtés
mieux qu'une moissonneuse
T'as pas voulu manger avant trois heures de l'après-midi

GUS. – Je voulais finir le carré du fond sous les pommiers

PIERRE. – J'avais acheté des Nouggastes

GUS. – Des Nouggastes *(il rit)* des nuggets papi des nuggets et du Coca trop cool
le lendemain j'avais mal partout
ça a pas l'air mais ça pèse c'te machine

PIERRE. – C'était dimanche même Dieu s'est arrêté le dimanche
t'as dormi jusqu'à deux heures de l'après-midi

---

1. **Pêche à la torche** : technique de pêche de nuit qui utilise la lumière de torches ou de lampes pour attirer les poissons.
2. **Appentis** : abri constitué d'un toit appuyé sur un mur.

GUS. – La veille il m'a fait goûter son café-goutte et après je lui ai fait tirer une latte[1] de mon pét'

PIERRE. – Ça ne m'a fait aucun effet

GUS. – Au premier mais au troisième papi papi où tu vas

PIERRE. – À la pêche

GUS. – Il est onze heures du soir papi les poissons dorment

PIERRE. – Je veux aller à la pêche

GUS. – Ça faisait au moins dix ans qu'il n'était plus allé à la pêche
on a pris la bagnole
et on est allés au lac des Robots d'Anges

PIERRE. – De Rabodanges[2] et on a pêché à la torche
hi hi hi hi il avait jamais fait ça
ça a bien donné
on a ramené trois carpes de six kilos chacune

GUS. – Et

PIERRE. – Mmm

GUS. – Au retour

PIERRE. – Quoi au retour

Il rit.

GUS. – Au retour on s'est fait pécho[3] par les gendarmes

PIERRE. – Les gendarmes tu parles
Le fils Dumoulin

GUS. – Quatre-vingt-dix euros pour trois carpes pleines d'arêtes
Ça fait cher de l'arête

---

1. **Tirer une latte** : inspirer une bouffée (expression argotique).
2. Le lac de Rabodanges est situé dans l'Orne, à proximité d'Argentan.
3. **Pécho** : attraper (de l'argot « choper », en verlan).

12. Dans la bouche

Début de soirée. Pierre lit son journal dans le jardin, Gus est dans la cuisine en train de préparer le repas ses écouteurs sur les oreilles. Il chante à tue-tête Lose Yourself *d'Eminem*[1].

PIERRE. – C'est toi qui fais à manger aujourd'hui

GUS. – *Yes man*

PIERRE. – Et tu nous prépares quoi
un gratin de Miel Poste
ah ah ah ah ah

GUS. – Pops ahhh très drôle

PIERRE *(s'approchant de la cuisine)*. Je blague je peux faire quelque chose pour t'aider

GUS. – Non non c'est une surprise
Heu si si si tiens découpe une tomate et un oignon en rondelles

PIERRE. – À vos ordres capitaine

GUS. – Très fines

PIERRE. – À vos ordres capitaine
qu'est-ce que tu fais

GUS. – Une sauce américaine maison

PIERRE. – Ah l'Amérique les Américains

GUS. – T'as quelque chose contre les Américains

PIERRE. – Ils ont tout détruit
des sauvages

---

1. ***Lose Yourself*** est une chanson du rappeur américain Eminem (né en 1972), tirée de la bande originale du film *8 Mile* (réalisé en 2002 par Curtis Hanson) inspiré par son parcours.

GUS. – Ah bon

PIERRE. – Toute la ville[1]
par ici on n'aime pas trop les Américains

GUS. – C'était la guerre papi
ils ont quand même libéré la France

PIERRE. – Qu'est-ce que je fais maintenant

GUS. – Tu coupes trois feuilles de salade
toi aussi t'as fait la guerre

PIERRE. – Ah non nous on a fait du maintien de l'ordre[2]

GUS. – Ah bon la guerre d'Algérie c'était pas une guerre

PIERRE. – En tout cas on n'a pas rasé des villes entières
ça y est la salade est coupée

GUS. – Paraît que t'as écrit des tonnes de lettres à mamie quand t'étais là-bas

PIERRE. – Six cent quarante-deux

GUS. – Six cent quarante-deux dingue

PIERRE. – Elle m'envoyait des colis de madeleines qu'elle me préparait

GUS. – Ah les madeleines

PIERRE. – J'adorais ça
lorsque je suis rentré c'était fini
impossible d'en manger une seule
ça ne passait plus

---

1. En juin 1944, l'armée américaine bombarde Argentan afin de la libérer des troupes d'occupation allemande : elle est détruite à 80 %.
2. La France a continué pendant plusieurs décennies après la fin du conflit à qualifier son engagement militaire en Algérie entre 1954 et 1962 d'« opérations de maintien de l'ordre ». Ce n'est qu'en 1999, sous la présidence de Jacques Chirac, qu'elle a officiellement adopté le terme « guerre ».

GUS. – T'es gonflé t'en manges tous les jours

PIERRE. – J'y ai repris goût quelque temps après le départ de mamie quand j'en mange une je la revois si belle si jeune si amoureuse

Ils sont à table. Pierre se lève et revient avec des fourchettes. Gus sourit et croque son burger. Pierre le mange au couteau et à la fourchette.

GUS. – Ça te plaît

PIERRE. – C'est bon tu sais bien cuisiner

Un temps.

GUS. – Comment vous vous êtes rencontrés avec mamie

PIERRE. – Au cinéma
on était une bande de copains
on était allés voir *Le Retour de Dracula*[1]
elle était assise à côté de moi
elle avait peur alors je lui ai pris la main

GUS. – Bien joué et après

PIERRE. – Après on est sortis du cinéma

GUS. – Et tu l'as invitée chez toi

PIERRE. – Penses-tu
je l'ai raccompagnée chez elle
nous nous sommes fréquentés[2] pendant un an
puis nous nous sommes fiancés
et on s'est mariés quelques semaines avant mon départ pour l'armée

GUS. – T'avais quel âge

---

1. ***Le Retour de Dracula*** est un film américain de Paul Landres sorti en 1958.
2. **Nous nous sommes fréquentés** : nous avons entretenu des relations, ici amoureuses et platoniques.

PIERRE. – Vingt ans
Ta grand-mère et moi
on s'est aimés la nuit de noces
(Gus ne comprend pas.)
On s'est aimés c'était beau
je ne savais rien
nous avons tout découvert ensemble
et je ne regrette rien vois-tu

GUS. – Tu n'avais jamais couch... aimé une autre fille avant

PIERRE. – C'était la première
tu veux voir une photo de grand-mère à vingt ans
tiens

GUS. – Tu la gardes dans ton portefeuille

PIERRE. – Contre mon cœur depuis toujours
Elle et moi c'était hier

GUS. – Elle est super-canon
c'était une bombe

PIERRE. – Ta grand-mère était d'une beauté exceptionnelle
les garçons ne regardaient qu'elle
elle avait toute une cour autour d'elle
et j'étais fier parce que c'est moi qu'elle avait choisi
on s'est aimés
éperdument
elle me manque tu sais
elle me manque terriblement
nous avons tout fait ensemble
et sans elle
(Un temps.)
Et toi tu as une amoureuse

GUS. – Non pas pour l'instant

PIERRE. – Ça viendra ne te précipite pas
pense d'abord à te faire une situation
viendra le jour où tu rencontreras la femme de ta vie
et alors tu la connaîtras charnellement[1].

Gus éclate de rire.

GUS. – Charnellement
je la connaîtrai charnellement ah ah ah ah ah
de ce côté-là ça va j'ai déjà fait ça
charnellement

PIERRE. – Ah bon

GUS. – Ben oui quand j'avais treize ans

PIERRE. – Treize ans
tu avais treize ans

GUS. – Mmmh mmmh

PIERRE. – Ce n'est pas possible

GUS. – C'est tard déjà c'est le minimum
j'ai des copains douze ans

PIERRE. – Ce n'est pas possible à treize ans tu étais un gamin
et la fille quel âge avait la fille

GUS. – Quatorze ans je crois

PIERRE. – Quatorze ans
c'est interdit par la loi

GUS. – Pas entre mineurs

PIERRE. – Et vous avez fait ça où

1. **Tu la connaîtras charnellement** : tu auras des relations intimes avec elle.

GUS. – Un après-midi ses parents n'étaient pas chez elle
on était dans sa chambre
c'était trop cool
après je l'ai fait avec sa copine

PIERRE. – Tu l'as trompée

GUS. – Non elle le savait

PIERRE. – Elle le savait et elle n'a rien dit

GUS. – Elle était là

PIERRE. – Comment ça elle était là

GUS. – Ben oui on l'a fait ensemble tous les trois

PIERRE. – Attends attends tu es en train de me dire que toi et tes deux copines vous avez

GUS. – Ouais c'est banal tout le monde fait ça

PIERRE. – Tout le monde fait ça

Pierre est complètement abasourdi, il reste sans voix.

GUS. – Allez grand-père remets-toi
c'est pas bien grave on s'est juste un peu amusés
c'est des bonnes expériences

PIERRE. – Des bonnes expériences
des orgies[1] c'est des bonnes expériences pour toi

GUS. – C'est pas des orgies

PIERRE. – C'est de la pornographie c'est scandaleux
vous ne respectez plus rien

GUS. – Arrête papi comment tu parles on dirait un vieux

---

1. **Orgies** : parties de débauche, fêtes caractérisées par des excès divers.

PIERRE. – Je ne suis pas un vieux
nous devons respecter une certaine ligne de conduite
sinon notre humanité est rabaissée
même les bêtes ne sont pas aussi
dépravées[1]
dépravées c'est exactement ça
c'est de la dépravation
il n'y a plus d'amour
et une société sans amour ne peut aller qu'au désastre

GUS. – T'exagères papi on ne fait rien de mal
on ne tue personne
on s'amuse c'est tout
les filles elles aiment bien ça
et c'est trop cool

PIERRE. – L'amour ce n'est pas cool comme tu dis
l'amour c'est un acte noble dans lequel il faut respecter l'autre

GUS. – On se respecte
on délire bien c'est tout
si une fille n'a pas envie
elle ne le fait pas moi j'ai jamais forcé personne

PIERRE. – J'espère bien que t'as jamais forcé une fille
je suis déçu très déçu
si ta grand-mère t'entendait elle serait très malheureuse

GUS. – Pas du tout ça la faisait rire

PIERRE. – Qu'est-ce que tu racontes

GUS. – Mamie elle savait m'écouter
elle ne me jugeait pas elle

1. **Ne sont pas aussi / dépravées** : n'ont pas un comportement aussi corrompu, débauché.

PIERRE. – Attends tu tu veux dire que
qu'elle était au courant de
enfin que toi et tes copines
que vous

GUS. – Mes histoires avec les filles ça la faisait beaucoup rire
elle me disait tout le temps « la vie il faut en profiter
il faut la mordre à pleines dents
elle passe comme un rêve
et après il ne reste que des histoires »
elle ne me prenait pas la tête comme toi
paraît que t'as mis six mois avant d'oser l'embrasser

PIERRE. – Elle t'a dit ça

GUS. – Elle en avait marre d'attendre

PIERRE. – Je la respectais

GUS. – Mouais tu la respectais surtout t'avais peur

PIERRE. – Peur
c'est ce qu'elle t'a dit
(Gus se tait.)
Elle t'a parlé d'autre chose
(Silence.)
Elle t'a dit autre chose n'est-ce pas
(Silence.)
Qu'est-ce qu'elle t'a dit d'autre

GUS. – Rien je ne me souviens plus.

PIERRE. – Réponds-moi
qu'est-ce qu'elle t'a dit d'autre

GUS. – Calme-toi rien

Un temps.

PIERRE. – Elle te l'a dit

GUS. – Quoi

PIERRE. – Elle te l'a dit
quand je suis revenu
elle te l'a dit
pourquoi est-elle allée te dire ça
(Un temps.)
Tu ne sais pas ce qu'ils nous faisaient là-bas quand ils nous attrapaient
on avait ton âge
et on pensait que nous partions pour une promenade
voir du pays
tu parles
arrivés là-bas ce n'était plus la même musique
on les avait comme ça
dans certains coins
ils le faisaient systématiquement s'ils nous chopaient
ils nous la coupaient
et ils nous la mettaient dans la bouche[1]
tu entends dans la bouche
et j'ai vécu avec cette terreur pendant vingt-huit mois[2]
vingt-huit mois
alors quand tu reviens ici
tu te demandes si tu vas encore être un homme
et quand arrive le moment fatidique et que ça ne marche plus
tu te sens anéanti
comme mort de l'intérieur

---

1. Pierre évoque la peur qui gagna les troupes françaises après l'embuscade de Palestro en mai 1956. Dans cet événement, dix-neuf jeunes appelés du contingent périrent sous les coups de combattants nationalistes algériens. La découverte de leurs cadavres nus et atrocement mutilés (avec, entre autres, les organes génitaux placés dans leur bouche) suscita une intense émotion.

2. Pendant la guerre d'Algérie, entre 1954 et 1962, la durée du service militaire passa, selon les contingents, de dix-huit à trente ou vingt-huit mois, soit près de deux ans et demi.

alors tu attends tu attends et tu pleures
toi tu peux bien t'amuser avec tes petites copines
mais tu ne sais pas ce que c'est que d'avoir un membre fantôme entre les jambes

Long silence. Gus pose la bouteille de calva sur la table puis il sort fumer une cigarette. Pierre reste seul.

13. Paye

Matin. Pierre lit son journal, tranquillement installé dans son fauteuil. Gus arrive du fond du jardin vêtu d'un tablier et portant des bottes de caoutchouc. Il met sous le nez de Pierre un gant.

PIERRE *(d'écœurement)*. – Ahhh tu l'as bien filtré

GUS. – T'inquiète papi

PIERRE. – Il doit être parfaitement filtré
le purin d'ortie[1] est le meilleur fortifiant végétal
un « élixir[2] végétal »

GUS. – Un élixir de jouvence

PIERRE. – En quelque sorte

GUS. – Alors tu devrais en boire un bol chaque matin ah ah ah ha ha ha

PIERRE. – Ah ah très drôle tu te crois malin
eh bien figure-toi je n'ai pas envie de rajeunir

GUS. – Ah bon

---

1. **Purin d'ortie** : engrais obtenu par la fermentation de tiges d'ortie dans de l'eau, dégageant une odeur nauséabonde.
2. **Élixir** : boisson aux vertus magiques. Le purin d'ortie est comparé par Gus à un « élixir de jouvence », c'est-à-dire à une boisson ayant le pouvoir de faire rajeunir.

PIERRE. – Non j'ai fait mon temps et c'est très bien comme ça

GUS. – Tu n'aurais pas voulu rester toujours jeune

PIERRE. – Sûrement pas

GUS. – Pas de prothèse aux genoux
pas de prothèse aux hanches
pouvoir te baisser comme tu veux
courir grimper aux arbres
draguer les filles

PIERRE. – Et puis écouter de la musique de sauvage
rester avachi devant la télé toute la journée
boire du Coca
et manger des Miel Poste merci bien

GUS. – Tu dis ça mais t'aimes bien le Coca

PIERRE. – Moi

GUS. – On n'est que deux que je sache
j'ai trouvé la bouteille à moitié vide

PIERRE. – Pff j'avais besoin de me rafraîchir
ce n'est pas aussi bon qu'un petit café-goutte

GUS. – Là j'avoue le café-goutte c'est pas mal
on s'en fait un petit

PIERRE. – Sans l'café

Gus va chercher la bouteille de calva. Pierre sort un petit porte-monnaie de sa poche et le pose sur la table.

GUS. – C'est quoi ça

PIERRE. – C'est pour toi

GUS. – Pour moi oh papi

PIERRE. – Tout travail mérite salaire c'est toi qui l'as dit

GUS. – J'ai dit ça parce qu'on s'était embrouillés
je m'en fiche de l'argent ça me fait plaisir de t'aider

PIERRE. – Je ne t'ai pas demandé ton avis
je reconnais que ce n'est pas aussi bien payé
que dans les usines de poisson du Grand Nord
mais étant donné que tu es nourri logé et blanchi
cela me paraît honnête

GUS. – Puisque je te dis que l'argent je m'en fiche

PIERRE. – La discussion est close
va me chercher ma madeleine

GUS. – Mais

PIERRE. – Va me chercher ma madeleine

GUS. – Y en a plus
(Pierre se retourne, de stupéfaction.)
Non j'déconne

14. Le sang

Au cœur de la nuit. Gus est en caleçon, allongé par terre. Il regarde la télé, une série américaine mettant en scène des vampires. Il est important qu'on entende la bande-son en version française. Pierre entre, en caleçon.

PIERRE. – Tu ne dors pas

GUS. – Pas sommeil toi non plus

PIERRE. – J'arrive pas fait trop chaud qu'est-ce que c'est

GUS. – Une série c'est des vampires

PIERRE. – Ah
(Il va chercher une chaise et s'assoit près de Gus.)
Qui c'est celle-là

GUS. – Elle c'est la copine de et elle mais t'as pas vu les autres épisodes
Elle est c'est c'est une vampire

PIERRE. – On dirait pas
(Ils regardent le film. Le temps passe.)
Oh j'y comprends rien
(Il se lève.)
Faut dormir mon grand
Bonne nuit

Il sort.

GUS. – Bonne nuit.

Gus s'endort. La télé continue de parler.

15. Pyjama

Pierre entre en pyjama, une boîte de Miel Pops à la main.

GUS. – Quand je me suis réveillé il n'était pas là
j'ai attendu plus d'une heure
et comme je ne le voyais pas revenir
je suis parti à sa recherche

PIERRE. – J'étais à deux rues
je n'étais pas bien loin quand même
j'aurais fini par trouver

GUS. – À deux rues mais en pyjama

PIERRE. – Ah bon j'étais en pyjama

GUS. – En pyjama papi t'étais en pyjama

PIERRE. – Je ne te crois pas
(Gus baisse les yeux sur les vêtements de Pierre.)
Je t'ai ramené des Miel Poste

GUS. – Pops merci papi
Maxi format
Tu m'en as déjà acheté six paquets

PIERRE. – Ah bon

GUS. – Il n'y aura bientôt plus de place dans la réserve

PIERRE. – En ce moment je ne sais pas ce que j'ai
Je suis un peu perturbé
C'est à cause de toi

GUS. – À cause de moi

PIERRE. – Oui mes habitudes sont un peu dérangées

GUS. – Peut-être mais évite de sortir en pyjama
ou alors tu ne sors pas

PIERRE. – Je sortirai si j'en ai envie
tout va très bien je n'ai besoin de personne

GUS. – Moi je dis ça pour t'aider rien de plus

PIERRE. – Pas besoin qu'on m'aide
je me débrouille très bien tout seul

GUS. – D'accord
tu feras comme tu voudras

PIERRE. – Oui je ferai comme je voudrai

Le téléphone de Gus sonne.

GUS. – Allô maman
oui ça va oui papi va bien aussi tout va bien
oui je me réveille tôt non je ne joue plus au jeu
j'ai pas le temps et en plus y a pas Internet
oui on s'entend bien
(Pierre fait des grands signes à Gus.)
quoi
non tout va bien je te dis
bon je te laisse on passe sous un tunnel

PIERRE. – Tu ne lui as pas dit pour le lait

GUS. – Non je ne lui ai pas dit

PIERRE. – Ce n'était pas bien grave
le lait a débordé
une petite faute d'inattention c'est tout

GUS. – Pour le lait, je veux bien
l'odeur de brûlé
est montée jusqu'à ma chambre
je suis descendu
je t'ai trouvé devant la gazinière
qu'est-ce que tu fais papi papi

PIERRE. – Lakhdar

GUS. – Il m'a appelé Lakhdar
mais coupe le feu
il ne bougeait pas
j'ai coupé le feu tu n'as pas réagi
tu ne sentais pas l'odeur

PIERRE. – Lakhdar
tu m'as retrouvé
comment as-tu fait
tu veux un casse-croûte c'est de l'agneau

je te jure ce n'est pas du *khalouf*[1]
tu peux me faire confiance
je n'y suis pour rien c'est le capitaine
il était complètement saoul
l'alcool ça le rend con comme une brêle

GUS. – Tu m'as appelé Lakhdar

PIERRE. – Oui je l'avais dans la tête
il ne voulait plus en sortir et quand je t'ai vu
(Silence. Il s'assoit, ôte ses chaussures et ses chaussettes. Gus revient avec une bassine d'eau. Pierre y trempe les pieds. Puis Gus masse les pieds de Pierre et les essuie. De soulagement.)
Ahhhhh

GUS. – Papi tu ne crois pas que tu serais mieux dans une maison

PIERRE. – Une maison

GUS. – Oui une maison
où on s'occuperait très bien de toi
tu n'aurais plus rien à faire
tu serais cool
tu serais avec d'autres personnes de ton âge
tu pourrais discuter jouer aux cartes
jouer aux dominos
faire des activités

PIERRE. – Des activités c'est pour ça que tu es venu
tu veux que je quitte ma maison
mon jardin
mes fleurs

GUS. – Moi je ne veux rien papi je ne veux rien je suis bien avec toi
mais je ne pourrai pas rester toujours ici

1. ***Khalouf* (ou *halouf*)** : viande de porc dont la consommation est interdite dans la religion musulmane.

PIERRE. – Tu peux partir quand tu veux
je me débrouille très bien tout seul

GUS. – Papi c'est trop

PIERRE. – Ah ils t'ont envoyé pour ça
c'est ça votre idée

GUS. – Non j'suis pas venu pour ça

PIERRE. – Pourquoi t'es venu alors
tu m'oublies pendant des années pas un mot pas un coup de fil
et soudain tu décides de venir me voir
comme ça
un miracle
tu es avec eux
tu es un traître
vous avez envie de me mettre dans un hospice[1]
vous voulez que je crève comme un vieux
alors écoute-moi bien p'tit con
jamais
tu entends jamais je n'irai dans un hospice
plutôt bouffer de la mort-aux-rats

Il sort furieux.

GUS. – Je sais pas ce qu'il s'est passé à ce moment-là
j'ai eu envie de chialer

16. L'amour

Tard dans la nuit. Gus fume un pétard. Il regarde son portable. Pierre le rejoint. Il lui tend son portable.

GUS. – Elle s'appelle Cassandra

---

1. **Hospice** : maison accueillant des personnes âgées sans grandes ressources.

PIERRE. – Elle est jolie

GUS. – Elle est arrivée deux mois après la rentrée
J'avais jamais vu une fille aussi belle
Elle n'avait rien pas de sac
Pas de cahier
Pas de stylo
Rien

PIERRE. – Ses parents n'avaient pas de quoi

GUS. – Si elle avait besoin
d'un crayon d'une feuille
d'une gomme
je lui passais
elle me souriait
et moi j'étais heureux

PIERRE. – Tu étais amoureux

GUS. – Le jour je ne pensais qu'à elle
et la nuit je rêvais d'elle
des fois elle ne venait pas en classe
pendant trois ou quatre jours
ça me rendait dingue
je lui écrivais vingt-cinq textos par jour

PIERRE. – Pourquoi elle ne venait pas

GUS. – Elle faisait des fugues

PIERRE. – Elle n'était pas heureuse chez ses parents

GUS. – Elle était dans une famille d'accueil
elle n'a jamais voulu venir à la maison
je l'accompagnais à son bus
on marchait ensemble main dans la main
c'était génial

PIERRE. – C'est avec elle et sa copine que vous

GUS. – Elle n'avait pas de copine
j'ai jamais couché avec elle
de toute façon j'ai jamais couché avec une fille

PIERRE. – T'as jamais couché avec une fille
(Gus se tait.)
Mais tu m'as dit
ça alors il est encore puceau[1]
et pour mamie
elle ne t'a rien dit

GUS. – Elle ne parlait pas
c'était toujours moi
elle écoutait
elle souriait
elle était encore plus belle quand elle souriait
et puis un jour
elle n'est plus venue au lycée
et on n'a plus eu de nouvelles
et moi je suis resté comme un con

PIERRE. – Elle est partie
(Gus sort.)
Un p'tit café-goutte

Pierre sort.

17. Photos

Matin. Gus trouve une petite boîte sur la table de la cuisine. Il l'ouvre, en sort des photos et les regarde et rit. Arrive Pierre.

GUS. – C'est des photos de toi pendant la guerre

---

1. **Puceau** : vierge.

PIERRE. – Où as-tu trouvé ça

GUS. – Là dans la boîte sur la table

PIERRE. – T'es sûr

GUS. – Ben oui

PIERRE. – Donne-moi ça

GUS. – T'étais un beau gosse j'comprends pourquoi mamie a craqué

PIERRE. – Ces photos étaient rangées dans le grenier

GUS. – C'est pas moi qui suis allé les chercher

PIERRE. – Je sais bien que ce n'est pas toi c'est moi

GUS. – Tu les sors et tu ne veux pas que je les regarde

PIERRE. – C'est pas intéressant

GUS. – Si c'est pas intéressant fallait les laisser au grenier

PIERRE. – J'avais des choses à vérifier

GUS. – Quoi

PIERRE. – Des choses

GUS. – C'est agaçant ou tu dis ou tu dis pas

PIERRE. – Tu vois ce type

GUS. – Oui

PIERRE. – C'était notre capitaine
c'était un monstre
un suceur de sang

GUS. – Un vampire

PIERRE. – Il aimait le sang

GUS. – On dirait pas il a une bonne tête

PIERRE. – Faut pas se fier aux apparences
ce gars-là qui sourit s'appelait Léon
c'était notre infirmier
Léon n'était pas pour cette guerre
et il ne se gênait pas pour le dire à voix haute
le capitaine le détestait et l'envoyait souvent au trou[1]
un jour nous étions en opération une rafale a claqué
et on a retrouvé Léon sur le carreau[2]
on était tous fous de rage et de chagrin
le capitaine a dit que l'assassin habitait forcément le village le plus proche
qu'il fallait faire un exemple
moi j'étais avec ceux qui encerclaient le village pendant que les autres faisaient le sale boulot
quand nous sommes rentrés
le capitaine a sorti des caisses de bière, on s'est tous saoulés
lui aussi était complètement ivre
il braillait que Léon avait bien mérité ce qui lui était arrivé
que c'était un lâche un traître un anti-France
on a tous vu qu'il était content
on s'est mis à avoir des doutes
quelque temps après on a découvert que c'était lui qui avait descendu Léon
on avait brûlé le village et assassiné toutes ces personnes pour rien

GUS. – Et vous avez fait quoi

PIERRE. – Qu'est-ce que tu voulais qu'on fasse

GUS. – C'était un salaud

1. **Au trou** : en prison (mot d'argot), punition que subissaient le plus souvent appelés et militaires qui refusaient de participer à certaines missions ou dénonçaient certaines méthodes (notamment l'usage de la torture) pendant la guerre d'Algérie.
2. **Sur le carreau** : à terre, c'est-à-dire mort.

PIERRE. – Pire que ça un sadique

GUS. – Et vous n'avez rien dit

PIERRE. – Ça faisait trois mois que j'étais là
qu'est-ce qu'il faut faire t'as vingt berges
ah oui il aurait fallu hurler dire c'est pas vrai
moi je sais que
mais tu fermes ta gueule
tout le monde ferme sa gueule

18. Cauchemar

Nuit mauvaise. Pénombre et brume. Pierre est enroulé dans une couverture algérienne. On distingue Gus crucifié[1] *au loin. Jusqu'au moment où Gus arrive en courant. Les voix sont enregistrées et transformées. Lumières mouvantes. Sons étranges et effrayants.*

PIERRE. – Qu'est-ce que tu préfères
La gégène la baignoire ou l'entonnoir[2]
Tu ne dis rien

GUS. – Vas-y grand-père mets-moi l'entonnoir

PIERRE. – À vos ordres mon capitaine je m'en occupe

GUS. – Verse-moi des litres et des litres d'eau

PIERRE. – Tu sais nous on ira jusqu'au bout
On n'est pas pressés

---

1. **Crucifié** : mis en croix, comme le Christ.
2. Pour faire parler ses prisonniers, l'armée française a eu recours à différents « instruments » de torture pendant la guerre d'Algérie : la **gégène** (ce mot désigne un générateur électrique portatif dans l'argot militaire), envoyant des décharges électriques sur les parties très sensibles du corps ; la **baignoire**, servant à un simulacre de noyade ; l'**entonnoir**, forçant l'ingestion de très grandes quantités d'eau.

GUS. – Si tu me remplis le ventre avec dix litres d'eau
Je parlerai je te dirai la vérité toute la vérité

PIERRE. – Tu sais ce que j'éprouve quand je mange ma madeleine
Tu le sais
(Autre voix de Pierre en arrière.) Capitaine c'est Gus.
Non tu ne peux pas le savoir sinon tu m'aurais laissé une madeleine
Au moins une
(Autre voix de Pierre en arrière.) Dis au capitaine que tu ne prendras plus de madeleine

GUS. – Le chocolat et les madeleines

PIERRE. – Capitaine

GUS. – Nous en avons caché dans tous les fourrés

PIERRE. – Non non

GUS. – Sous tous les rochers
Dans toutes les grottes

PIERRE. – Demandez-moi tout ce que vous voulez
Mais pas de frapper mon petit-fils c'est la chair de ma chair

GUS. – Dans toutes les forêts de toute la montagne
Des tonnes de chocolat des tonnes de madeleines
Des réserves pour tenir des années

Autre voix de Pierre en arrière : Va-t'en petit ne reste pas ici.

PIERRE. – Il faut le laisser partir capitaine
Il ne sait rien c'est un enfant
Un enfant

GUS. – Arrache-moi les yeux

PIERRE. – Non ne faites pas ça capitaine
(Gus a un rire satanique.)

Putain de salaud d'enfoiré de merde de capitaine
Assassin
Ne touche pas à mon petit-fils
Lâche-le
Sauve-toi Gus sauve-toi Gus
Gussssssss

Gus arrive en courant. Fin des voix off et retour à la réalité. Crise d'angoisse panique de Pierre qui saisit Gus par les bras.

GUS. – Papi papi papi c'est moi c'est moi c'est bon oh ça va ça va papi

PIERRE. – C'est toi Gus

GUS. – Oui c'est moi cool

PIERRE. – Oh Gus tu es là
tu n'as pas mal mon petit
viens là viens là dans mes bras
tu es là tu n'as pas mal non tu n'as pas mal
mon p'tit mon p'tit Gus mon p'tit Gus chéri

GUS. – Ça va grand-père cool j'ai rien
T'as fait un cauchemar rendors-toi

PIERRE. – Reste
(Un temps.)
Le p'tit disait qu'il n'avait rien fait
mais le capitaine ne le croyait pas
alors je
Caldoz et Lapouge l'ont allongé par terre
et ils lui tenaient les bras et les jambes
un petit berger de la montagne douze ans treize ans à peine.
personne n'a rien dit
personne n'a rien fait
le petit berger non plus n'a rien dit
il ne savait rien

rien
il est parti pour rien

GUS. – Rendors-toi grand-père c'est fini c'est des histoires anciennes

PIERRE. – Des histoires anciennes des histoires anciennes

Un temps.

19. Paroles dans la nuit

Au cœur de la nuit.

GUS. – Tu sais papi je voulais te dire
j'aime bien être ici avec toi à travailler dans le jardin
à boire un petit café-goutte après le repas
à discuter à écouter tes histoires
ça faisait longtemps que je ne m'étais pas senti aussi bien
j'aime bien parler avec toi
je ne parle plus avec personne
à la maison c'est limite impossible de parler
mon père ne m'écoute pas il ne m'écoute jamais
il n'y a que lui qui parle et quand il parle
il dit toujours les mêmes mots
il sait tout sur tout mais sur moi il ne sait rien
il ne me connaît pas il n'a pas envie de me connaître
pas besoin de lui écrire six cent quarante-deux lettres
pour lui dire ce que j'ai sur le cœur une seule suffira
papa rappelle-toi
une fois on revenait du foot et j'avais faim
alors tu as sorti une pomme de ta poche
et tu l'as coupée en deux juste avec tes mains
on a mangé chacun notre moitié sans rien se dire
on était les meilleurs amis du monde

Du texte à la scène

« Tu vas chez papi à Argentan » (p. 20)

La pièce *Je marche dans la nuit par un chemin mauvais* est montée pour la première fois en 2014 à Paris au Théâtre de la Tempête. Ahmed Madani la met en scène avec le scénographe Raymond Sarti. Par le choix du décor, des lumières, et par le jeu des comédiens, ils cherchent à exprimer l'évolution des personnages et de leurs relations durant leur cohabitation.

1. Avec une grande économie de moyens, le décor campe un cadre familial et intime. Le clair-obscur fait écho aux contrastes qui traversent la pièce, mettant en présence l'adolescent et son grand-père, le passé et le présent, l'amour et la violence. Mais l'ouverture reflète aussi leur perméabilité : Gus et Pierre s'ouvrent l'un à l'autre, les souvenirs ressurgissent…

2. Au début de la pièce les relations entre les deux hommes sont conflictuelles. Dans le tableau 5, Gus apparaît exclu de la maison, espace familial et intime de Pierre : affalé par terre à l'extérieur, il est isolé par un jeu de lumière, à bonne distance de son grand-père, debout – incarnation de l'autorité – au fond de la scène. Le visage fermé de Gus illustre son refus de communiquer et le tabouret renversé trahit la violence de la cohabitation.

3. Un lien se tisse progressivement entre Gus et Pierre. Dans le tableau 12, les personnages sont réunis dans l'espace familial de la maison. Malgré la différence de générations soulignée ici par les accessoires vestimentaires et les objets, Pierre et Gus se confient l'un à l'autre.

© François-Louis Athénas

4. Les souvenirs douloureux qui assaillent peu à peu Pierre renforcent encore la complicité qui unit les deux protagonistes mais inversent aussi leurs rapports. Dans le tableau 18, ce n'est plus le grand-père qui doit s'occuper de son petit-fils ; c'est Gus qui réconforte Pierre et semble vouloir le protéger des fumées rouges et inquiétantes qui surgissent de la nuit (manifestations scéniques du passé cauchemardesque de Pierre, dominé par la mort et le sang).

L'arbre généalogique

« Les liens complexes qui se sont tissés dans notre famille » (épigraphe, p. 15)

5. L'arbre de Jessé, enluminure de Robert Boyvin, XVe siècle, bibliothèque de l'Arsenal (Paris).

6. L'arbre de consanguinité, enluminure pour la *Somme rurale* de Jean Boutillier, XVe siècle, Bibliothèque nationale de France (Paris).

7. Frida Kahlo, *Mes grands-parents, mes parents et moi*, 1936, peinture à l'huile et à la tempera sur métal, 1936, Museum of Modern Art (New York).

Visions crépusculaires

« Au cœur de la nuit » (p. 64)

8. Johann Heinrich Füssli, *Le Cauchemar*, 1781, huile sur toile, Goethe Museum (Francfort).

9. Lee Krasner, *Night Creatures*, 1965, dessin, The Metropolitan Museum of Art (New York).

10. Winslow Homer, *Nuit d'été*, 1890, huile sur toile, musée d'Orsay (Paris).

11. Peter Doig, *Milky Way*, 1989-1990, huile sur toile, collection de l'artiste.

maintenant on ne fait plus jamais rien ensemble
tu m'as abandonné
tu ne sais plus que j'existe tu ne sais plus ce que je fais
tu ne veux pas savoir qui je suis
tu ne veux pas savoir ce que je vis
tu ne veux pas savoir ce que je pense
tu bosses tu bosses tu bosses
il n'y a que ça qui compte ton boulot
ta réussite bientôt tu seras un grand directeur général
t'es le plus fort papa ouais tout ce que tu fais est génial
tout ce que tu fais tu le réussis bravo tout le monde t'applaudit
eh bien moi j'ai pas envie de t'applaudir
j'ai pas envie de te ressembler
j'ai pas envie d'être le meilleur être le meilleur ça me fait vomir
la réussite ça me fait vomir
moi je rate tout exprès
pour te prouver qu'il y a au moins une chose que tu n'as pas réussie
moi oui t'as bien lu moi
c'est écrit en lettres capitales MOI
tu m'as raté papa t'es passé à côté de moi MOI sans me voir
zappé laissé tombé oublié
je déteste ton intelligence
je déteste ta perfection
pas une fois tu ne m'as dit « bravo mon fils »
pas une fois tu ne m'as dit « je suis fier de toi mon fils »
tout ce que je fais c'est nul
c'est jamais assez bien pour toi
tu ne regardes que mes notes
mes notes mes notes mais putain j'en ai rien à foutre de mes notes
c'est des chiffres de merde écrits sur des papiers de merde
ce n'est pas moi
mais putain regarde-moi
regarde-moi tel que je suis et pas tel que tu voudrais que je sois
je ne veux pas être un fils parfait

je veux seulement être moi
et moi je suis différent de toi
c'est toi qui veux prouver que tu es le meilleur
c'est toi qui ne te sens pas à la hauteur
et tu me demandes de me mettre à ta place
c'est le monde à l'envers
compte pas sur moi papa
moi je regarde devant pas derrière
c'est maintenant que j'ai besoin de toi
c'est aujourd'hui que je voudrais que mon père soit là
que tu me regardes droit dans les yeux
que tu me parles comme un père doit parler à son fils
que tu m'engueules quand je déconne
que tu me félicites quand je le mérite
et qu'on boive un verre de temps en temps en regardant les étoiles
je n'ai pas besoin d'autre chose
tu sais papa je t'aime et je n'arrêterai jamais de t'aimer
(Silence.)
Ouais ce serait trop bien si j'arrivais à lui dire ça
hein papi
papi tu dors
oh tu dors
putain le con il dort

20. Ciel

Soir paisible. Ils sont tous les deux sur la terrasse. Ils regardent le ciel.

PIERRE. – Demain il va encore faire très beau
quand le ciel est bien dégagé
et que tu vois toutes les étoiles
c'est signe de beau temps

GUS. – Oui je sais tu me l'as déjà dit

PIERRE. – Ah bon

Un temps passe.

GUS. – Tu te rends compte papi
toutes ces étoiles elles ont disparu il y a des milliards d'années
et elles brillent encore
des lumières qui viennent du passé
et qui éclairent le présent
c'est ouf quand même
(Silence.)
Quand je regarde le ciel je pense toujours à Dieu
je me demande dans quelle étoile il serait s'il existait
s'il existe il faut bien qu'il soit quelque part
en fait je ne sais pas s'il existe
peut-être qu'il y a quelque chose qui nous dépasse
une force cosmique
mais « la volonté de Dieu » « c'est Dieu qui l'a voulu »
tout ça j'y crois pas trop
tu crois en Dieu toi papi

PIERRE *(il siffle* Au clair de la lune*).*
Allez répète après moi Lakhdar
allez répète je te dis.

GUS. – Papi je m'appelle pas Lakhdar

PIERRE. – Répète après moi je te dis
« Au clair de la lune... »
allez c'est facile

GUS. – Je ne savais pas quoi faire alors j'ai chanté
« Au clair de la lune, mon ami Pierrot
Prête-moi ta plume pour écrire un mot »

PIERRE ET GUS. – « Ma chandelle est morte je n'ai plus de feu
Ouvre-moi ta porte pour l'amour de Dieu »

PIERRE. – Bravo, bravo, c'est bien Lakhdar
maintenant, tu me récites l'alphabet

GUS. – J'ai récité l'alphabet
il était très content
après il m'a demandé de lui apprendre des mots en arabe
je lui ai dit ceux que je connaissais
wesh kiffe hchouma chouf salam aleykoum abracadabra[1]
et après j'ai inventé
le lendemain il avait tout oublié
il pétait la forme
moi j'avais le moral dans les baskets

21. Valise et cercueil

Matin. Pierre arrive avec une valise.

GUS. – Tu pars en voyage

PIERRE. – Je me prépare
Là-dedans il y a tout ce qu'il me faut
le costume la chemise la cravate les chaussettes les chaussures
je ne veux pas porter autre chose

GUS. – Un costume
tu ne vas pas à un mariage

1. Ces mots arabes sont parfois passés dans la langue française populaire : ***wesh*** est un adverbe interrogatif qui signifie « comment ? », « quoi ? » ; ***kiffe*** un substantif qui désigne le plaisir ; ***hchouma*** un nom commun qui évoque la honte, le scandale ; ***chouf*** ou ***nchouf*** signifie « je vois », « je comprends » ; et ***salam aleykoum*** (« que la paix soit sur vous ») sert à saluer. Le mot magique ***abracadabra*** serait plutôt d'origine hébraïque : Gus invente déjà.

PIERRE. – Si

GUS. – Et puis il a glissé la valise sous son lit
il n'avait absolument pas l'intention d'aller à la maison de retraite
sur le coup j'ai mis ça sur le compte de ses petits délires

PIERRE. – Tu dis ça par politesse

GUS. – Non

PIERRE. – Me prends pas pour un con
tu croyais que je devenais maboul

GUS. – J'avoue sur la fin tu me faisais flipper

PIERRE. – Je me préparais à partir

GUS. – Ça faisait bientôt trois mois que j'étais là
on était à une semaine de la rentrée
j'avais décidé de retourner au lycée et de passer mon bac
c'était le début de l'automne le jardin était magnifique
je n'aurais jamais cru que ça me plairait autant
j'avais abattu un boulot titanesque[1]
j'étais triste et heureux à la fois
j'avais jamais ressenti
ça
je me sentais léger
mais quelques jours avant avant

PIERRE. – Avant que je ne passe l'arme à gauche

GUS. – Tu m'as raconté

PIERRE. – Ton grand-père est un salaud

GUS. – C'était la guerre papi

1. **Titanesque** : démesuré, gigantesque (au sens propre, digne des Titans, géants de la mythologie grecque, fils d'Ouranos et de Gaïa).

PIERRE. – Ton grand-père est un salaud

GUS. – Papi c'est fini c'est du passé

PIERRE. – Lakhdar c'est moi qui l'ai tué

GUS. – Arrête tes conneries

PIERRE. – Je t'ai menti
Lakhdar c'est moi qui l'ai tué
il venait souvent au camp
je l'aimais bien
mais de savoir ce que les fellagas[1] faisaient aux copains qui tombaient entre leurs mains
ça nous terrorisait
on soupçonnait tous les Arabes
les vieux les jeunes les femmes les enfants
on avait la hantise des traîtres
le capitaine et d'autres pensaient que Lakhdar transmettait des renseignements sur nos déplacements
j'ai essayé de le défendre mais un matin ils l'ont chopé
alors je me suis porté volontaire pour le faire parler
je le connaissais bien je ne voulais pas qu'on lui fasse de mal
au début j'étais gentil très gentil
mais ce p'tit con ne disait pas un mot
j'ai voulu lui faire peur et j'ai pris l'entonnoir
c'était pas le capitaine c'était moi
j'ai versé un peu d'eau
mais le gosse n'avouait toujours rien
il répétait sans arrêt
« Mon ami Pierrot, mon ami Pierrot »
alors je versais de plus en plus d'eau
et les copains se marraient

1. **Fellagas** : ici, le mot désigne les combattants algériens luttant pour l'indépendance de leur pays (mot arabe).

« vas-y Pierrot il va lâcher le morceau »
« t'arrête pas Pierrot continue »
je sais pas ce qui s'est passé
ça m'excitait ça m'excitait
je versais je versais
quand ils m'ont arrêté le gosse ne bougeait plus depuis un bon moment
(Silence.)
Je l'aimais bien Lakhdar
j'avais réussi à lui apprendre à lire
« Au clair de la lune, mon ami Pierrot
Prête-moi ta plume pour écrire un mot
Ma chandelle est morte je n'ai plus de feu »

GUS. – J'ai pas pu dire un mot
alors je suis monté dans ma chambre et j'ai chialé
lui chialait en bas et moi je chialais en haut
pendant les deux jours suivants
on n'arrivait plus à se parler
on s'évitait
le soir du troisième jour je l'ai pris dans mes bras
j'ai senti son cœur qui battait
et on a bu un café-goutte
plus tard je l'ai retrouvé allongé dans le jardin
ses yeux étaient grands ouverts
il regardait les étoiles et il souriait
le lendemain mes parents sont arrivés
j'avais un peu peur de revoir mon père
mais il a été super cool
on s'est promenés dans le jardin
j'ai ramassé une pomme
et je l'ai coupée en deux
juste avec mes mains
on s'est marrés

grand-père ne lui avait jamais rien dit de sa guerre d'Algérie
moi non plus je ne lui ai rien dit
quand ma mère l'a présenté à ses parents en disant
voilà c'est Brahim il vient d'Algérie nous allons vivre ensemble
papi s'est dit tout bas

PIERRE. – Il n'y a pas de hasard

GUS. – Le lendemain on a ouvert ta valise
et on a trouvé la lettre bien en évidence

PIERRE. – Mettre Marie avec moi
Et aller fleurir la tombe de Lakhdar à Sidi Okba[1]

GUS. – J'ai tellement insisté que l'été suivant
on y est allés avec mon père ma mère et ma sœur
c'était la première fois que j'allais en Algérie
quand je suis descendu de l'avion
j'ai éprouvé une sensation de déjà-vu
je reconnaissais tout
c'est vrai l'Algérie
c'est beau

1. **Sidi Okba** : ville située dans le Nord-Est de l'Algérie.

La fabrique du texte

Dans l'atelier d'Ahmed Madani

Pour un théâtre poétique et populaire

Écriture et mise en scène

Ahmed Madani est né le 8 mars 1952, à Remchi, dans le Nord-Ouest de l'Algérie bientôt ensanglantée par la guerre. Arrivé en France à sept ans, il découvre l'art dramatique au club théâtre de son lycée, avant de le pratiquer dans une troupe d'amateurs et de fonder sa propre compagnie, Madani Compagnie, en 1985. Depuis, il se consacre pleinement à cet art, s'exprimant à travers l'écriture (il a composé une vingtaine de pièces) et la mise en scène d'œuvres du répertoire[1] ou de ses propres textes. Au sujet de ces derniers, Ahmed Madani explique qu'écriture et mise en scène sont indissociables, se revendiquant « auteur en scène ». « Je ne parviens pas à faire vivre l'écriture dramatique pour elle-même, explique-t-il. J'écris par et pour la scène. Le texte n'est terminé que le premier jour de la représentation[2]. »

Entre 2003 et 2007, il dirige le Centre dramatique de l'océan Indien à Saint-Denis de La Réunion. Après cette expérience, il poursuit ses activités théâtrales avec sa compagnie.

Un théâtre ouvert

Quelle que soit la voie qu'il emprunte, le travail d'Ahmed Madani est animé par des réflexions d'ordre sociétal : non seulement il interroge dans ses pièces le fonctionnement de notre société mais il s'intéresse aussi aux rapports que la société entretient avec le théâtre.

---

1. Notamment *La Leçon* d'Eugène Ionesco (1991), *On purge bébé* de Feydeau (1992), *Le Songe d'une nuit* d'été de Shakespeare (2001), *Le Médecin malgré lui* de Molière (2003), et *Le Théâtre de l'amante anglaise* de Marguerite Duras (2010).
2. Dossier pédagogique consacré à la pièce d'Ahmed Madani, *Ernest ou Comment l'oublier, Pièce démonté(e)*, Scérén / CRDP / Académie de Paris, février 2009, n° 77.

Ainsi, son écriture rend compte des mutations de notre époque, analyse le poids de l'histoire, des traditions, des appartenances religieuses et examine les liens entre les générations. Ses recherches sur la création de pièces de théâtre en milieu urbain le conduisent à organiser des représentations dans des entrepôts, des magasins inoccupés, des immeubles abandonnés et autres lieux inattendus pour s'adresser au plus grand nombre[1]. Enfin, s'il collabore avec des acteurs professionnels, Ahmed Madani donne également la parole à des amateurs : il s'agit de faire résonner sur scène des voix qui n'ont pas l'habitude d'y être entendues.

Des histoires d'aujourd'hui

Développé sur une dizaine d'années, de 2011 à 2020, le projet théâtral *Face à leur destin* reflète ces visées. Dans ce triptyque, Ahmed Madani propose une réflexion sur la jeunesse issue de l'immigration dans les « zones sensibles » urbaines. Pour l'écrire, il s'est appuyé sur les itinéraires et le vécu de jeunes gens de quartiers populaires qu'il a invités à jouer sur scène. Dans cet ensemble, trois groupes s'expriment successivement : « des garçons » dans le premier volet, « des filles » dans le deuxième et « des filles et des garçons » dans le troisième. Ainsi, *Illumination(s)* (2012) met en scène trois jeunes hommes d'une même famille dont les histoires permettent de relier le passé colonial de la France à sa réalité socioéconomique actuelle ; dans *F(l)ammes* (2016), ce sont dix jeunes femmes, qui, partageant leurs histoires, « évoquent la place des femmes dans le monde d'aujourd'hui et les projettent dans celui de demain[2] » ; dans *Incandescence(s)* (2020), des jeunes gens des deux sexes racontent comment ils composent avec leurs histoires, leurs traditions familiales et culturelles pour vivre leurs relations amoureuses.
C'est parallèlement à ce projet, vivement salué par la critique, qu'Ahmed Madani a composé *Je marche dans la nuit par un chemin mauvais*, achevée en 2014.

1. En 1987, la Madani Compagnie a été à l'initiative de Big Bang Banlieue, premier festival national de la création artistique en banlieue.
2. Texte de la présentation de la pièce sur le site de la compagnie d'Ahmed Madani (madanicompagnie.fr).

Aux sources de *Je marche dans la nuit...*

À l'origine de *Je marche dans la nuit par un chemin mauvais* se trouvent les confidences d'un ami d'Ahmed Madani, homme de théâtre comme lui : en 1992, Pierre Orma[1] lui raconte qu'il a participé à la guerre d'Algérie en tant qu'« appelé du contingent » (expression qui désigne les jeunes gens qui, effectuant leur service militaire, ont été envoyés par la France en Algérie en soutien des militaires de carrière). Dans un récit libératoire, Pierre Orma parle pour la première fois des horreurs auxquelles il a pris part tout jeune homme.

Vingt ans plus tard, en 2012, l'année du cinquantenaire de la fin de la guerre d'Algérie (1954-1962), Ahmed Madani est en résidence de recherche[2] à Argentan en Normandie. Il relit le carnet où il a consigné le témoignage de Pierre Orma et, ému par une histoire qui lui rappelle la sienne (son père et son grand-père ont participé à la guerre d'Algérie), il décide de lui consacrer une pièce : pour cela, il part à la rencontre d'anciens combattants et compile les souvenirs de leur expérience en Algérie, convaincu qu'il faut dire ce passé de souffrances et de violences trop souvent tu, et le transmettre aux générations suivantes. Ainsi naît *Je marche dans la nuit par un chemin mauvais* : la pièce évoque la guerre d'Algérie à travers la rencontre d'un grand-père et de son petit-fils qui apprennent à se connaître et à s'aimer. Elle est montée pour la première fois à Paris au printemps 2014 au Théâtre de la Tempête, avec Yves Graffey dans le rôle de Pierre, et Vincent Dedienne dans celui de Gus. Elle reçoit le prix ado du Théâtre contemporain en 2015 et le prix Villers-Cotterêts de la Francophonie en 2019.

Famille, conflits et générations

« Je vous déteste tous » (p. 28)

À la suite d'une violente dispute avec ses parents Muriel et Brahim, Gus, âgé de dix-sept ans, est envoyé chez son grand-père Pierre, âgé de

---

1. Voir note 1, p. 15.

2. **Résidence de recherche** : dispositif culturel qui permet aux écrivains de bénéficier d'une aide financière et d'un lieu calme pour écrire.

soixante-dix-huit ans, à Argentan. Le cadre familial dans lequel se déroule la pièce est marqué par le deuil, le conflit et le silence. En effet, Pierre vit seul depuis le décès de sa femme Marie, trois ans plus tôt. Plusieurs indices laissent penser que ses liens avec sa fille sont distendus : il n'apprécie pas l'éducation qu'elle donne à Gus (tableau 2) ; elle ne rend jamais visite à son père et ignore que ce dernier ne conduit plus *(ibid.)* ; l'unique conversation téléphonique qu'ils ont est très courte et réduite à des banalités et des mensonges (tableau 7).

Les relations de Gus avec ses parents sont quant à elles conflictuelles : le jeune homme revient à plusieurs reprises sur leur incompréhension mutuelle et les affrontements verbaux et physiques qu'elle occasionne (tableaux 2, 8 et 19).

Pour autant, l'arrivée de Gus à Argentan n'est significative d'apaisement ni pour Pierre, qui considère que Gus est un « fainéant » (tableau 2), un « p'tit con » (tableau 4), ni pour son petit-fils, selon qui être chez son grand-père équivaut à revenir « à l'âge de Pierre » (tableau 10).

« On n'est plus au Moyen Âge papi » (p. 31)

Bien plus, la pièce prend la forme d'une confrontation de deux générations que tout oppose. L'univers de Pierre est celui d'une campagne où Internet ne fonctionne pas, où la corvée de jardinage se fait à la faux, où le réveil est matinal et où on mange de la soupe et du poisson (tableaux 2, 8 et 9). Il est le représentant d'un monde ancien dans lequel on communiquait par lettres (tableau 2), on faisait la cour à celle qu'on aimait pendant des semaines (tableau 12), Brel chantait l'amour (tableau 6) et la jeunesse était envoyée « maintenir l'ordre » en Algérie. Gus incarne la génération d'aujourd'hui, nourrie au sens propre comme au sens figuré de culture américaine – nuggets, Miel Pops et rap (tableau 6) –, incapable de se passer du téléphone portable (tableaux 4 et 5) et d'Internet (tableau 2), aimant les séries (tableau 14) et les jeux vidéo violents (tableau 2), révoltée contre tout, tantôt désespérée (tableau 8), tantôt rêvant à un ailleurs lointain et forcément meilleur (tableau 10).

« Et après on a fait la paix des braves » (p. 29)

Pourtant Ahmed Madani invite à dépasser cette opposition générationnelle et met en scène la rencontre entre deux êtres qui, au-delà de leurs différences apparentes, se ressemblent. Au début de la pièce, Pierre comme Gus formulent leur mal-être et leur solitude : le premier pense avec nostalgie au bonheur des années partagées avec Marie (tableau 1) ; le second accuse son père de ne pas le connaître et lui reproche de ne pas s'intéresser à lui (tableau 19). Par ailleurs, chacun exprime sa colère : le garçon s'emporte contre tous les adultes qui, selon lui, passent leur temps à le surveiller et cherchent à contrôler ses faits et gestes (tableau 8), comme le vieil homme accuse sa famille de vouloir le placer dans un hospice (tableau 15). Ce jeu d'échos et de miroirs entre les deux personnages est renforcé par l'écriture théâtrale, qui souligne leur commune souffrance, par exemple en mêlant leurs répliques dans un faux dialogue (tableau 2) ou en suggérant un parallèle entre les nuits de Gus et celles de Pierre, peuplées de monstres sanguinaires (tableaux 14 et 18)...

« Tu sais papi [...] j'aime bien être ici avec toi » (p. 64)

Ahmed Madani met en scène l'affection qui naît peu à peu entre les deux personnages, chacun réalisant un effort ou effectuant un pas vers l'autre. Le jeune homme finit par débroussailler le jardin de son grand-père (tableau 11) ; Pierre, de son côté, rend le portable qu'il avait confisqué à son petit-fils (tableau 8), lui offre une débroussailleuse (tableau 11) et un « salaire » pour son travail de jardinier (tableau 13). Les deux personnages en viennent à partager des moments de complicité : Pierre initie Gus au calva[1] (tableau 11), Gus cuisine pour son grand-père un hamburger « maison » (tableau 12) et ensemble, bravant l'interdiction, ils s'adonnent à la pêche à la torche (tableau 11). Leurs discussions évoluent aussi vers des sujets de plus en plus intimes : Pierre s'ouvre à Gus sur la beauté de sa grand-mère et l'amour qu'ils ont partagé (tableau 12) ; Gus, après quelques mensonges, confie à Pierre ses sentiments pour Cassandra, une camarade de lycée (tableau 16).

---

1. Voir note 1, p. 33.

Cette rencontre permet à Gus d'évoluer : la pièce donne à voir le passage du personnage de l'adolescence à l'âge adulte. Ahmed Madani ponctue son texte de détails qui soulignent la mue du garçon : aux côtés de son grand-père, l'adolescent révolté qui détestait la campagne découvre les plaisirs du jardinage et les vertus du purin d'orties (tableau 13) ; le jeune homme qui buvait du lait comme un enfant (tableaux 2 et 9) goûte comme un homme au café-goutte arrosé de calva (tableau 10). Les rôles finissent même par s'inverser : dès le tableau 15, Gus n'est plus l'enfant confié à la surveillance de son grand-père, mais le protecteur et le consolateur de celui-ci rendu vulnérable par une mémoire vacillante (tableau 15) et torturé par la violence des souvenirs qui lui reviennent (tableau 18).

Mémoire, souvenirs et transmission

« Le lendemain il avait tout oublié » (p. 68)

Par l'intermédiaire de cette relation se font jour les enjeux de la pièce : le souvenir et sa transmission. En effet, à travers son œuvre, le dramaturge met en lumière le fonctionnement de la mémoire et les chemins parfois sinueux du souvenir. Il souligne aussi son importance dans l'édifice familial et dans la construction de soi.

Pierre est un vieux monsieur atteint par des troubles de mémoire. Ses symptômes sont proches de ceux de la maladie d'Alzheimer (que le dramaturge ne nomme jamais) et sont de plus en plus sévères : après avoir oublié où il avait garé sa voiture et caché ses clefs de maison (tableau 2), il oublie d'éteindre le gaz et se perd en pyjama à deux rues de chez lui (tableau 15). Des repères récents s'effacent. Oublieuse du passé immédiat, la mémoire de Pierre, comme débarrassée de traces encombrantes, semble trouver l'espace nécessaire au surgissement d'événements plus anciens, souvenirs douloureux que le personnage paraît avoir refoulés. Dès le tableau 2, Pierre commente ce phénomène étrange dans une formule paradoxale : « maintenant les souvenirs oubliés, je m'en souviens ».

« Tu sais ce que j'éprouve quand je mange ma madeleine » (p. 34)

Le dramaturge souligne le rôle des sens – en particulier du goût et de la vue – dans ce travail de remémoration. Ainsi, il convoque en le renouvelant

le motif littéraire et symbolique de la madeleine, petit gâteau grâce auquel l'écrivain Marcel Proust a décrit les mécanismes du souvenir[1]. Si Pierre aime tant les madeleines, c'est qu'il souhaite retrouver par leur intermédiaire le souvenir de Marie qui, amoureusement, lui envoyait ces gourmandises lorsqu'il était en Algérie. La vue sert aussi de catalyseur[2] aux souvenirs. La petite boîte remplie de vieilles photos que Pierre ouvre pour se remémorer des souvenirs de la guerre d'Algérie (tableau 17) peut se lire comme une métaphore de sa mémoire mais aussi comme une nouvelle boîte de Pandore, jusque-là remisée au grenier car susceptible de laisser échapper tous ses maux[3].
Enfin, c'est la présence même de Gus qui ravive les souvenirs de Pierre : son petit-fils, qu'il apprend à aimer, lui rappelle le jeune berger algérien prénommé Lakhdar qu'il a rencontré alors qu'il était en Algérie et à qui il a appris à lire. Quand Pierre confie à Gus « En ce moment je ne sais pas ce que j'ai / Je suis un peu perturbé / C'est à cause de toi » (tableau 15), il souligne le rôle involontaire de Gus dans le surgissement du souvenir et l'aveu du crime.

Aveux et vérité

« Tu m'as raconté » (p. 69)

La pièce d'Ahmed Madani est tout entière tournée vers la quête de vérité des deux personnages : Pierre et Gus vont progressivement se livrer et révéler ceux qu'ils ont été et ceux qu'ils sont. Mais cette lumière est difficile à faire et ils commencent par mentir à tour de rôle. Par provocation et fanfaronnade, Gus se vante de jeux sexuels lorsqu'il avait treize ans (tableau 12) avant de rétablir la vérité et de confesser qu'il a seulement éprouvé un amour platonique pour une lycéenne de sa classe (tableau 16). De même, Pierre dissimule longtemps à Gus (et à lui-même ?) son rôle

1. Voir Groupement de textes 1, « Les sens de la mémoire », p. 110.
2. **Catalyseur** : élément ou phénomène qui provoque ou déclenche une réaction.
3. À l'image de la boîte que, dans la mythologie grecque, Zeus confie à la jeune Pandore en lui recommandant de ne pas l'ouvrir. Mais Pandore cède à la curiosité et libère tous les maux que l'objet contenait, lesquels se répandent sur les hommes. Seule au fond de la boîte reste l'Espérance.

dans la mort du jeune berger algérien, qu'il finit par avouer (tableaux 18 et 21). La pièce suggère que la culpabilité et la recherche d'apaisement font nécessairement ressurgir les souvenirs et éclater la vérité.
Mise en valeur dès le titre, la nuit est paradoxalement l'espace propice aux confidences et le sommeil un lieu d'expression de l'inconscient. Le souvenir traumatique de Pierre se manifeste lors d'un cauchemar, et c'est après avoir été confronté aux images confuses et terrifiantes de son passé qu'il commence à révéler ce qu'il a fait en Algérie (tableau 18). La parole est alors dotée d'un pouvoir essentiel : à travers les souffrances de Pierre et de Gus, se trouvent condamnés le silence qui conduit à l'isolement, le mensonge qui empêche d'être soi et l'oubli qui agit comme une entrave[1].
En confiant à Gus son rôle crucial dans la mort de Lakhdar, Pierre se libère du poids qu'il portait. Il peut alors mourir en paix (tableau 21). En transmettant son récit à son petit-fils, il rétablit la vérité et s'autorise à rejoindre Marie, qui était sa raison de vivre. De même, après avoir recueilli le terrible aveu de Pierre et avoir accepté d'embrasser (au sens propre comme au sens figuré) son grand-père dans cette vérité, Gus peut se réconcilier avec le monde, s'emparer de l'histoire familiale et renouer avec ses parents (tableau 21).

« Il y a du débroussaillage à faire » (p. 22)

Pour donner à comprendre le cheminement nécessaire à l'expression de cette vérité, Ahmed Madani recourt au motif du débroussaillage. Le jardin rempli de broussailles que Gus doit élaguer est une image de la mémoire impénétrable de Pierre, et les mauvaises herbes envahissantes et piquantes une représentation de ses souvenirs douloureux. Pierre a besoin de l'aide de son petit-fils pour « débroussailler » sa vie, y voir clair sur son passé et mettre de l'ordre dans son histoire. De façon significative, Pierre parvient à passer aux aveux une fois le terrain du jardin dégagé de ses broussailles, à partir du tableau 12.

---

1. **Entrave** : élément physique ou moral qui empêche d'avancer.

Sur la guerre d'Algérie

« Ton grand-père est un salaud » (p. 69)

À travers le personnage de Pierre, Ahmed Madani donne corps et voix à ceux qui ont vécu la guerre qui opposa la France et l'Algérie à partir de 1954 et qui aboutit en 1962 à l'indépendance de cette ancienne colonie française[1]. La pièce évoque par bribes les violences commises durant ce conflit et les traumatismes de ceux qui y ont participé. Comme un double du spectateur oublieux de cette histoire récente et souvent tue, Gus découvre la réalité qui se cache derrière l'expression « opérations de maintien de l'ordre », qui a longtemps prévalu pour désigner ce qu'on a fini par qualifier de guerre. Sans préparation, de jeunes appelés du contingent ont été durant de longs mois acteurs, témoins ou victimes d'une barbarie inouïe : exactions sur des populations civiles (tableau 17), exécutions sommaires d'opposants *(ibid.)*, torture (tableau 18), mutilations sexuelles pour effrayer et humilier l'ennemi (tableau 12).

« C'était la guerre papi » (p. 69)

Ahmed Madani n'accuse personne : au-delà des figures incarnées par les différents personnages – le capitaine sadique et criminel (tableau 17), le jeune appelé meurtrier et le jeune berger sacrifié (tableaux 18 et 21), le dramaturge met en lumière les effets de la guerre, qui dénature l'homme. La folie meurtrière qui gagne Pierre alors qu'il a choisi d'interroger Lakhdar pour le protéger de la violence des autres (tableau 21) et l'impuissance sexuelle qui l'affecte de retour d'Algérie quand il retrouve Marie témoignent de l'aliénation de l'homme par la guerre et par la peur : il devient étranger à lui-même, il perd la maîtrise de son corps et de son esprit.

Une pièce très moderne

À la croisée des genres

Contemporaine par son sujet, la pièce l'est aussi par sa forme, mêlant différents genres. Ahmed Madani construit son œuvre comme une tragédie

1. Voir « Brefs repères sur la guerre d'Algérie (1954-1962) », p. 92.

aboutissant à une mort inévitable (celle de Pierre), qu'il donne à voir dès le premier tableau avec force et brutalité. S'il introduit des éléments fantastiques – comme l'épisode du cauchemar (tableau 18) et l'intervention par-delà la mort de Pierre (tableau 21) –, il utilise aussi les ressorts de la comédie dont il reprend les caractéristiques. Ainsi, l'intrigue familiale rappelle celle des comédies classiques qui mettent en scène le conflit de générations aux intérêts opposés. La fin est heureuse puisqu'elle s'accompagne des retrouvailles de Gus et de ses parents, et scelle leur réconciliation et la réappropriation par le jeune homme de l'histoire familiale. Différents types de comique sont par ailleurs utilisés avec efficacité : comique de mots (Pierre a acheté des « Nouggastes », tableau 11, et de nombreux paquets de « Miel Poste », tableau 15), comique de caractère (Gus fanfaronne en racontant les exploits sexuels qu'il a réalisés très jeune, tableau 12), comique de situation (la pêche à la torche au tableau 11 s'achève sur une amende salée !) et comique de geste (contrairement à Gus, Pierre mange son hamburger au couteau et à la fourchette, tableau 12).

Dialogue et narration

La modernité du texte d'Ahmed Madani tient aussi à sa construction singulière, ou plutôt sa déconstruction. La pièce n'est pas composée de scènes mais divisée en tableaux, au nombre de vingt et un qui comportent tous un titre à la manière de chapitres. L'intrigue n'est pas linéaire mais conçue comme un long retour en arrière : les tableaux 2 à 20 constituent le récit rétrospectif du séjour de Gus chez Pierre, après la mort de ce dernier. Au sein de ce retour en arrière, certains tableaux intègrent le récit d'événements qui appartiennent à un passé plus lointain. Dans d'autres, les deux personnages racontent un épisode de leur cohabitation et jouent immédiatement ce moment comme s'il se déroulait dans le temps présent. Déroutant pour le spectateur lorsqu'il est employé la première fois, ce mélange de narration et de jeu met en lumière l'habileté du dramaturge et constitue un défi pour les acteurs qui doivent passer du récit à l'action en quelques secondes.
L'originalité de la pièce tient aussi à l'écriture d'Ahmed Madani. Le recours au langage familier surprend. L'absence de ponctuation et l'emploi du vers

libre donnent aux répliques des personnages un rythme rapide, qu'accentuent encore certains échanges très brefs, proches des stichomythies[1] des pièces classiques (tableaux 2 et 10). Véritables cris d'amour ou de haine des personnages, les longues tirades parfois insérées au sein de tableaux dialogués participent de l'énergie qui traverse la pièce (tableaux 10, 19 et 21). Comme les tableaux silencieux (tableaux 1 et 6), tous ces procédés captent l'attention du lecteur/spectateur par la variété qu'ils composent.

*

À la fois sombre et drôle, confrontant un vieillard et un jeune homme, abordant les thématiques de l'oubli et de la mémoire, parlant d'amour et de guerre, convoquant bourreaux et victimes, montrant la mort tout en célébrant la vie, la pièce d'Ahmed Madani est dominée par l'esthétique du contraste, qui lui confère une grande force dramatique. Toutes ces oppositions se résorbent dans le lien familial et la parole échangée présentés comme des sources d'apaisement. Les mots mis sur le passé permettent d'être en paix avec soi et de grandir. « [Ç]a faisait longtemps que je ne m'étais pas senti aussi bien / j'aime bien parler avec toi », avoue Gus à Pierre (tableau 19). Il n'y a pas d'« histoires anciennes » (tableau 18), semble nous dire Ahmed Madani, uniquement « des lumières qui viennent du passé / et qui éclairent le présent » (tableau 20), empêchant qu'on ne « marche dans la nuit par un chemin mauvais ».

1. **Stichomythies** : dans la tragédie, dialogues dans lesquels chaque réplique correspond à un vers.

Avec Ahmed Madani

Interview de l'auteur

Ahmed Madani, comment êtes-vous venu au théâtre ?

Rien ne me destinait à faire du théâtre et à devenir auteur dramatique. J'ai eu la chance de découvrir le théâtre lorsque je suis arrivé au lycée grâce à une professeure de français. Amoureux d'elle, j'ai participé à l'atelier théâtre qu'elle avait créé, uniquement pour passer du temps auprès d'elle. Elle a développé mon goût pour la lecture et l'écriture. À cette époque, j'ai également assisté à une représentation d'*En attendant Godot* de Samuel Beckett, dans une mise en scène de Pierre Orma. Le texte m'a subjugué. Ces deux expériences m'ont poussé à rejoindre une troupe de théâtre amateur devenue ensuite professionnelle. Notre premier spectacle, qui s'adressait à la jeunesse et était conçu à partir d'improvisations, a été un succès. D'autres spectacles ont suivi mais, au bout de sept années, la dynamique de ce collectif artistique s'est essoufflée et j'ai décidé de fonder ma compagnie pour réaliser des œuvres plus personnelles.

Quel était votre projet en créant votre propre compagnie en 1985 ?

En fondant ma compagnie, j'éprouvais le désir d'écrire des récits dont je ne trouvais pas trace dans le répertoire théâtral des années 1980. Peu d'auteurs abordaient les nouvelles réalités sociétales liées à l'urbanisation, à la vie dans les quartiers populaires, aux rapports entre immigration, colonisation, décolonisation. Je constatais par la même occasion qu'un pan entier de l'histoire nationale était absent des scènes de théâtre, de la littérature, du cinéma, de la sociologie, de la presse, etc. Les choses ont bien évolué depuis. J'ai fait le choix d'inscrire mes recherches dans ces territoires périurbains que le théâtre fréquentait peu (même si nombre de Centres dramatiques nationaux et de scènes nationales y étaient implantés, leurs

productions s'adressaient très peu à ceux qui les peuplaient). Ainsi, c'est dans la marge que j'ai puisé la matière vivante de mon écriture.
J'ai choisi de réaliser un théâtre simple, généreux, immédiat, où gravité et comédie racontent le monde sans fard et sans complaisance. Mon écriture se nourrit de la friction avec la matière vivante de mes contemporains. J'aime me documenter auprès d'eux pour saisir le bouillonnement et la complexité de leur vie. Parfois, pour des sujets précis, j'implique des non-professionnels que je considère comme des interprètes ayant une grande expertise de leur vie.

Écriture et mise en scène : comment s'articulent ces deux pans de votre travail ?
Auteur et metteur en scène ne font qu'un pour moi : je suis « auteur en scène ». Un projet d'écriture, c'est aussi un projet de distribution, de scénographie, d'exploration d'une problématique et bien sûr de production. La production me tient à cœur, c'est par elle que s'affirme ma liberté de création, elle s'est toujours inscrite dans une réflexion sociétale sur la place du théâtre dans la cité. À cet égard, je pense m'être construit en homme de théâtre plutôt qu'en auteur dramatique. Une pièce de théâtre n'est pas une œuvre littéraire qu'on enferme dans les pages d'un livre et qu'on range dans un rayonnage de bibliothèque. Elle n'est complètement accomplie que si elle est jouée sur une scène avec la matière humaine des interprètes. Pour définir mon rapport au plateau, je cite toujours cette phrase de Charles Dullin[1] : « Texte prétexte, s'il est beau tant mieux. » C'est dire si l'acteur tient une place centrale dans mon théâtre ! Parfois l'écriture ne préexiste pas à la rencontre avec les interprètes, mais se développe à leur contact. Dans ce cas, j'écris la nuit et j'apporte mes textes le lendemain pour une mise à l'épreuve immédiate. Le temps que les acteurs apprennent une scène, j'en écris une nouvelle. C'est une dynamique où plateau et table d'écriture se stimulent mutuellement. Une pièce n'est achevée qu'au premier jour de représentation, mais son écriture peut également se poursuivre plusieurs mois après la première.

1. **Charles Dullin** (1885-1949) : metteur en scène français, théoricien du théâtre et acteur, au cinéma et au théâtre.

À l'origine de *Je marche dans la nuit par un chemin mauvais* se trouve le récit que vous a confié Pierre Orma. Quel était-il ?

Vingt ans avant que je n'écrive ma pièce, Pierre Orma a tenu à me raconter son histoire, qu'il n'avait confiée à personne jusque-là. Il se sentait investi d'un devoir de transmission et, bien avant que je le comprenne, m'a choisi pour témoigner de ce que cette guerre avait déposé en lui. Je suis resté enfermé avec lui trois jours dans son bureau. Je l'ai écouté, j'ai accueilli le flot d'émotions qu'il retenait depuis trente ans. Face à moi, se tenait un homme brisé par ce qu'il avait fait, malgré ses convictions, son sens de l'honneur et de la fraternité. J'ai noté ce récit sur un carnet pour en garder la trace. Rien n'indiquait qu'un jour, je retrouverais ce carnet et qu'il serait la matière première à partir de laquelle j'écrirais *Je marche dans la nuit par un chemin mauvais.*

En quoi la guerre d'Algérie trouve-t-elle des échos dans votre propre histoire ?

À cinq ans, j'ai attendu toute la nuit mon père devant le poste de gendarmerie de mon village natal, Remchi en Algérie, où il subissait un interrogatoire très musclé ordonné par l'armée française.

Membre du FLN (Front de libération nationale, luttant pour l'indépendance de l'Algérie) chargé de faire passer les combattants dans la montagne, il avait fait l'objet d'une dénonciation. Lorsqu'il est ressorti au petit matin, sa chemise blanche était d'un rouge éclatant. Cette nuit-là a été terrible pour le petit enfant que j'étais, c'est la nuit où la guerre d'Algérie s'est inscrite au tréfonds de mon être en lettres de sang. Elle s'y terre encore, c'est devenu une partie de moi ; je suis parvenu à l'apprivoiser, sans doute par l'écriture et le théâtre.

Vous avez conçu cette pièce lors de l'année du cinquantenaire de la fin de la guerre d'Algérie : quelles ont été les étapes de votre travail ?

Le rapport avec le cinquantenaire de la fin de la guerre d'Algérie n'est pas le fruit du hasard : cela faisait plusieurs années que je voulais écrire sur ce sujet. Je me suis dit que si je ne le faisais pas à cette occasion, je ne le ferais jamais.

J'ai donc amorcé l'écriture de *Je marche dans la nuit par un chemin mauvais* en janvier 2011 et je l'ai achevée en janvier 2014. La première année a été

La fabrique du texte

en grande partie consacrée à me documenter sur la guerre d'Algérie et sur l'adolescence. J'ai aussi relu le carnet où j'avais consigné l'histoire de Pierre Orma. Pendant cette période, ma réflexion dramaturgique a abouti au choix des personnages : Pierre le grand-père et Gus son petit-fils. Pour l'obtention d'une bourse d'écriture, j'ai rédigé quelques scènes en deux jours, notamment une première version de « Dans la bouche ».
Quelques mois après, j'ai effectué une résidence d'écrivain de trois semaines à Argentan où j'ai rencontré des anciens appelés du contingent, qui m'ont parlé de ce qu'ils avaient vécu pendant leur service militaire. J'ai aussi rencontré des lycéens de l'âge de Gus avec qui j'ai dirigé des ateliers d'écriture sur leurs visions du monde et leurs rapports avec leurs parents. Ces échanges très riches m'ont permis de donner de l'épaisseur à mes personnages et de mieux les comprendre, mais au terme de ces semaines, je n'étais parvenu à écrire que la scène « Côte à côte ».
En janvier 2012, j'ai effectué une seconde résidence à Argentan, cette fois-ci sous forme d'un laboratoire de création avec les acteurs, le scénographe, la costumière, l'éclairagiste choisis pour la pièce. Je me suis remis à ma table d'écriture. Partager le quotidien avec les interprètes (Yves Graffey et Vincent Dedienne), les regarder vivre dans leurs différences, discuter avec eux, ont été des sources d'inspiration importantes. J'ai écrit des scènes taillées sur mesure pour eux, et la mise à l'épreuve par le plateau confirmait le sens du projet d'écriture. La résidence s'est achevée par une ouverture au public où nous avons présenté une dizaine de scènes. Mais j'ai dû interrompre l'écriture pour me consacrer à la création d'un autre spectacle, *Illumination(s)*. Celle-ci s'inscrivait dans la continuité de ma recherche et démarrait par une scène sur la torture pendant la guerre d'Algérie. Les deux œuvres se répondaient et développaient de manière différente un même propos. Je n'ai pu revenir à *Je marche dans la nuit* qu'en septembre 2013. L'inconscient n'avait pas cessé d'écrire et c'est tout naturellement que j'ai découvert le secret que cachait Pierre. À partir de là, la pièce a été achevée en l'espace de quatre mois.

Comment avez-vous travaillé à la mise en scène de la pièce ?

La mise en scène a été la poursuite de l'écriture par d'autres moyens : les corps, les voix, les lumières, les sons, les relations entre acteurs.

Les odeurs de cuisine, les bruits du travail, les silences, les différents moments de la journée ou de la nuit exprimés par un éclairage semi-réaliste, l'univers musical constitué d'œuvres du compositeur minimaliste Arvo Pärt se sont imposés pour suggérer l'intensité des remous émotionnels profonds et secrets qui traversent les personnages. Si la pièce est une métaphore du cheminement vers soi-même, la mise en scène a pris soin de mettre en évidence les pudeurs à l'œuvre dans les relations entre deux personnes de générations différentes qui sont unies par les liens du sang. J'ai souhaité que les acteurs incarnent leurs personnages sur le fil du rasoir, jouent sans montrer, évoquent sans appuyer, soient dans la justesse sans jamais forcer.
Pour le rôle de Pierre, j'ai sollicité Yves Graffey, un compagnon de route de mes débuts, homme de théâtre au long parcours qui était alors âgé de quatre-vingts ans et avait « fait » la guerre d'Algérie. Au cours de séances de lecture, je lui ai fait rencontrer plusieurs jeunes acteurs. Mon choix s'est fixé sur Vincent Dedienne dont la personnalité m'avait séduit. Lors du premier laboratoire de recherche à Argentan, ils ont fait plus ample connaissance. Leur complicité s'est tissée autant sur le plateau que dans la vie. Je voulais constituer un duo solide et ces deux-là s'étaient trouvés. L'astuce du scénographe Raymond Sarti est d'avoir conçu une maison sans murs entourée d'une bande de gazon. Le dedans faisait partie du dehors. La pièce principale apparaissait comme une sorte de plateau de théâtre où étaient dressés quelques éléments de mobilier : une table, deux chaises, un coin cuisine avec point feu. C'était un espace suffisamment épuré pour permettre de nombreuses possibilités de circulation des acteurs, mais aussi suffisamment réaliste pour y voir se développer des actions simples de la vie quotidienne : cuisiner, manger, discuter, dormir, rêver. Ce parti pris de scénographie permettait que le public s'introduise dans la maison et participe à la vie des protagonistes. Sans s'engager sur la voie du naturalisme, la mise en scène a ainsi pu mettre les personnages dans les situations de la « vraie vie ».

Quelles difficultés avez-vous rencontrées pour l'écriture de cette pièce ?

Au-delà des questions de dramaturgie et de scénario, les difficultés auxquelles je me suis heurté étaient liées à la tonalité à donner à l'œuvre.

Comment rendre léger un sujet grave, comment faire pour que les personnages ne soient pas des caricatures, que leur humanité dans ses grandeurs et ses horreurs rencontre la nôtre ? J'aime que le théâtre soit le lieu d'un plaisir mélangé (on doit pouvoir y rire, y pleurer, y être surpris, révolté) et partagé. Avec ce sujet, je me confrontais à mes propres démons mais je devais relever le défi d'écrire une pièce ouverte et généreuse qui parlerait aussi bien à la jeunesse qu'à ses aînés. J'ai eu l'impression que le sujet me dépassait et que je n'allais pas parvenir à raconter ce que je souhaitais. Écrire n'est jamais paisible pour moi.
Les périodes les plus difficiles sont celles où le projet est posé, mais où l'inspiration semble bloquée. Ces états de tension où pas un mot ne se présente sont d'une violence insoutenable.

Comme *Je marche dans la nuit par un chemin mauvais*, plusieurs de vos pièces mettent en scène un adolescent. En quoi cet âge vous intéresse-t-il particulièrement ?
L'adolescence, c'est le grand départ de ma vie, c'est proprement à cet âge que je viens au monde. Mon enfance a été marquée par la guerre d'Algérie, par l'histoire de mes parents, par l'abandon de ma terre natale, par l'exil... C'est à l'adolescence que je commence à écrire ma propre histoire, celle que je peux maîtriser, le moment où je peux enfin décider de celui que je veux être, où je me libère du poids de l'histoire familiale, je veux me construire un autre avenir que celui que mon origine m'impose.
L'adolescence pourrait bien être l'un des âges les plus beaux de ma vie. J'ai écrit des poèmes, j'ai découvert la lecture, la musique, la politique, la culture, l'amitié, l'amour. Dans Gus, il y a beaucoup de moi : sa révolte, sa naïveté, son souhait de dépassement, sa manière de s'opposer à ses parents, à son grand-père, son rêve d'un monde meilleur, mais aussi sa méchanceté, ses mensonges, ses mesquineries, ses doutes. Et de mon fils Valentin, qui était un adolescent turbulent, plein de fougue et d'espérances. J'aime la fréquentation des adolescents, ils me passionnent.

Le motif littéraire de la madeleine est récurrent dans la pièce. Quelle est votre madeleine ?
Petit, je partais très tôt marcher avec mon père qui souffrait de difficultés respiratoires liées à la tuberculose. L'air frais du matin lui faisait du bien. Nous étions côte à côte, main dans la main et il sortait de sa poche une

boîte en métal de pastilles Valda à la menthe. Il en prenait une pour lui et m'en donnait une. Je la mettais dans ma bouche et c'était une sensation très puissante de brûlure au fond de la gorge et d'air frais qui envahissait mes poumons. Le chemin montait, les arbres autour de nous faisaient un manteau de verdure au-dessus de nos têtes. Tout était si paisible et si calme. Je me sentais fort, grand et fier de marcher aux côtés de mon père et la guerre était loin de nous. Chaque fois que je mets une pastille Valda dans ma bouche, je me retrouve sur ce chemin de terre avec mon père et j'oublie toutes les guerres du monde.

Comment définiriez-vous la poésie qui émane de vos pièces ?

Je crois que la poésie est une représentation symbolique de ce qui nous entoure et des relations que nous déployons entre nous. Pour être poète nous n'avons besoin de rien d'autre que de notre imaginaire. La quête de la simplicité me tient à cœur, c'est un des marqueurs de mon écriture, je pense à cette phrase de Picasso : « La simplicité ne se décrète pas, elle se travaille. » Plus mes œuvres seront simples, plus elles seront poétiques et plus la vision du monde que je désire partager sera accessible à ceux qui prononcent ces mots teintés de honte : « Le théâtre ce n'est pas pour moi. »

Votre pièce souligne le pouvoir de la parole et l'importance du souvenir. De quels rôles vous sentez-vous investi en tant qu'auteur ?

Je ne me sens investi d'aucun rôle en tant qu'auteur dramatique. Écrire, faire du théâtre sont les seules manières que j'ai trouvées pour rendre ma vie supportable. C'est en racontant des histoires que je parle de la mienne, de celle de ma famille. Nous arrivons nus et nous repartons nus. Nous n'emportons rien avec nous, et lorsque nous ne sommes plus là, il ne reste que des histoires. C'est la parole que l'on se transmet de bouche à oreille qui fait de nous des humains. Notre mémoire est un agrégat de nos histoires, de celles de ceux qui nous ont précédés, de ceux avec qui nous avons vécu, de ceux que nous avons enfantés. Plus que le souvenir, c'est la mémoire qui importe, elle nous place dans une filiation, nous rappelle d'où nous venons et nous ouvre la voie vers où nous allons.

Brefs repères

sur la guerre d'Algérie (1954-1962)

1954 — **1er novembre : la rébellion indépendantiste éclate.** Série d'attentats commis par le FLN (Front de libération nationale) en Algérie, territoire français depuis 1830.

1955 — **1er avril : le gouvernement français décrète l'état d'urgence en Algérie.** Début des opérations militaires françaises contre la guérilla menée par les indépendantistes.

1956-1957 — **Généralisation de la lutte armée.** 450 000 Français (militaires, réservistes et appelés du contingent) sont mobilisés : la guerre s'étend sur tout le territoire algérien (de janvier à octobre 1957 : bataille d'Alger).

1958 — **4 juin : discours du général de Gaulle à Alger, « Je vous ai compris ».** Le général de Gaulle exprime sa volonté de maintenir l'Algérie française, tout en faisant de tous les Algériens, y compris les musulmans, des « Français à part entière ».
19 septembre : création du GPRA (Gouvernement provisoire de la République algérienne) par le FLN.

1961 — **Janvier : les citoyens français se prononcent en faveur de l'indépendance de l'Algérie** par référendum.
10 février : création de l'OAS (Organisation armée secrète). Des activistes opposés à l'indépendance basculent dans la lutte armée clandestine.
17 octobre : à Paris, répression meurtrière d'une manifestation pacifique d'Algériens contre le couvre-feu auquel ils sont soumis en région parisienne depuis peu, en réponse aux attentats du FLN visant les policiers (voir Groupement de textes 2, p. 117).

1962 — **18 mars : accords d'Évian**, suivis de la reconnaissance de l'indépendance de l'Algérie. Le bilan des huit années de guerre est lourd : près de 500 000 morts dont 300 000 à 400 000 du côté algérien.

1999 — **Juin : la France parle officiellement de « guerre d'Algérie »** et non plus d'« opérations de maintien de l'ordre en Afrique du Nord ».

L'atelier de lecture

Aborder par la BD

Avec les planches de Claire Le Gal

Observez l'histoire racontée en bande dessinée (p. 7-12) puis répondez aux questions suivantes :

1. **Observer les planches**. Décrivez leur composition. Quels liens s'opèrent entre les cases du haut et celles du bas ? Quel changement introduit la dernière planche ?
2. **Rencontrer deux personnages**. Décrivez les personnages : intéressez-vous à leurs mouvements, à leurs expressions, à leur environnement, ainsi qu'au cadrage opéré par le dessin.
3. **Interpréter les contrastes et le silence**. En vous appuyant sur vos réponses précédentes, dressez la liste de tous les contrastes mis en œuvre par le dessin. Intéressez-vous au traitement noir et blanc des illustrations. Quelles remarques vous inspire-t-il ? Les planches sont une lecture personnelle de la pièce d'Ahmed Madani par Claire Le Gal. L'absence de bulles dans ces pages qui font écho à une œuvre théâtrale peut surprendre : comment l'interprétez-vous ?
4. **Formuler des hypothèses de lecture**. À partir de ces pages, quelles hypothèses pouvez-vous construire sur l'œuvre que vous allez lire ?

Lexique

Case (ou vignette) : zone de dessin délimitée par un cadre.

Planche : page entière d'une bande dessinée.

Plans : façons de représenter une situation à des distances diverses. Plus rapproché que le **plan large**, le **plan moyen** (ou « **en pied** ») donne à voir des personnages en entier ; il permet de préciser l'action. Le **plan rapproché** coupe les personnages à la ceinture et permet de concentrer l'attention du lecteur sur leurs gestes et leurs expressions. Dans le **gros plan**, le cadre se resserre sur un visage pour préciser l'état psychologique d'un personnage. On appelle **zoom** une succession de plans de plus en plus resserrés sur un sujet.

Interpréter le paratexte

« Paratexte » est le terme que le théoricien de la littérature Gérard Genette (1930-2018) utilise pour désigner ce qui entoure le texte et relève des choix de l'auteur (titre, sous-titre…) ou de l'éditeur (résumé de la quatrième de couverture, illustrations…), ainsi que ce qui le prolonge (interviews données par l'auteur, journaux intimes, etc.). Intéressez-vous aux renseignements donnés par certains éléments du paratexte de la pièce en répondant aux questions suivantes :

1. **Un titre original**. En quoi le titre de la pièce est-il singulier ? Quelles connotations s'en dégagent ? Retrouvez dans le long poème « L'Homme » des *Méditations poétiques* (1820) d'Alphonse de Lamartine (1790-1869) la strophe dont il est issu. Quel(s) sentiment(s) y exprime le poète ?

2. **Des dédicaces et des épigraphes éclairantes**. Rappelez les rôles respectifs des dédicaces et épigraphes placées avant un texte. Lisez attentivement celles qui précèdent la pièce d'Ahmed Madani (p. 15). Quels indices donnent-elles sur l'œuvre, avant même sa lecture ?

3. **Une affiche symbolique**. La création de la pièce au Théâtre de la Tempête en 2014 était annoncée par l'affiche ci-contre. Décrivez-la : que voyez-vous ? De quoi l'arbre représenté peut-il être le symbole ? Quelle est sa particularité ?

L'atelier de lecture

Questionner au fil du texte

Comment et pourquoi se raconter ?

Parler et se taire

Tableau 2, p. 18-20, l. 1-71

ENTRER DANS LE TEXTE PAR LA RÉFLEXION

En quoi cet extrait appartient-il au genre théâtral ?

ANALYSER

Une scène d'exposition enlevée et originale

1. Ce deuxième tableau est le premier qui permet au spectateur de découvrir les deux personnages. Quelles informations sur Pierre et Gus délivre-t-il ? Que sait-on de leur situation et de leurs liens familiaux ?
2. Quelles remarques pouvez-vous faire sur cette présentation des personnages ? Pour répondre, caractérisez la longueur et le rythme des répliques de Pierre et de Gus, puis intéressez-vous à leur enchaînement. Quel est l'effet recherché par le dramaturge ?
3. Ce texte théâtral est à la fois classique et moderne. Précisez les éléments qui le rapprochent d'une écriture classique et ceux qui, au contraire, lui donnent une dimension très contemporaine.

Pierre et Gus : un duo ?

4. En quoi cet extrait s'apparente-t-il à une photo de famille ? Quels membres sont évoqués ? Quelles relations sont mises en avant ? Précisez quelle image de la famille se dessine.
5. De « Je ne parle plus avec personne » à « maintenant les souvenirs oubliés je m'en souviens » (l. 2-43), quel est l'état d'esprit de Pierre ? et de Gus ? En quoi les sentiments des deux personnages sont-ils proches ? Repérez des répliques qui se font écho.

6. Cet extrait appartient à une séquence intitulée « Côte à côte ». Indiquez les deux sens de cette locution adverbiale et démontrez qu'ils conviennent tous les deux à cette scène réunissant Pierre et Gus.

Les effets d'annonce

7. Pourquoi peut-on dire que la gravité domine ce passage ? En quoi les interventions de Gus font-elles néanmoins sourire le spectateur ?

8. « Maintenant les souvenirs oubliés je m'en souviens » affirme Pierre (l. 43) : quelle est la figure de style employée par le personnage ? En quoi cette phrase résume-t-elle l'enjeu de la pièce ?

BILAN

9. Quelles fonctions d'une scène d'exposition ce premier échange entre les personnages remplit-il ?

TISSER DES LIENS PERSONNELS AVEC LE TEXTE

CONFLIT RÉEL ET APAISEMENT VIRTUEL

Si les jeux vidéo semblent être un refuge pour Gus, ils sont aussi un sujet de conflit : expliquez ce constat en vous appuyant sur le texte.

« FAMILLES, JE VOUS HAIS[1] »

Le thème du conflit familial est souvent abordé par les arts et la littérature. Selon vous, pourquoi ce sujet est-il récurrent ? Citez d'autres œuvres cinématographiques, picturales ou littéraires qui le traitent.

IMPRESSIONS DE LECTURE

A. Jugez-vous cette scène d'exposition réussie ? Donnant au spectateur ou au lecteur les informations dont il a besoin pour comprendre l'histoire, le dramaturge parvient-il aussi à capter son attention ?

B. Que ressentez-vous à la lecture de cet extrait évoquant la mésentente entre Gus et ses parents ? Rédigez un court texte pour répondre à cette question.

1. La formule est d'André Gide dans *Les Nourritures terrestres* (1897). Ahmed Madani l'a reprise, en la détournant, pour son œuvre *Famille, je vous hais... me* (1994).

La cuisine du souvenir

Tableau 12, p. 40-42, l. 1-51

ENTRER DANS LE TEXTE PAR LA RÉFLEXION ET LA DOCUMENTATION

Comment les relations du grand-père et du petit-fils ont-elles évolué depuis le début de la pièce ?

Que savez-vous de la guerre d'Algérie ? Pour mieux comprendre cet extrait, lisez la chronologie qui rappelle les événements majeurs de ce conflit (p. 92).

ANALYSER

La complicité de Pierre et de Gus (l. 1-15)

1. Relevez les indices d'un apaisement des relations entre les deux personnages.
2. En quoi le cadre de la scène et l'occupation des personnages sont-ils propices au rapprochement ?
3. Quelle tonalité domine le début de l'extrait ?

De la cuisine à la guerre (l. 16-34)

4. Comment l'extrait mêle-t-il conversation anodine et sujets graves ? Relevez un exemple de cette juxtaposition dans les répliques des deux personnages.
5. Quelle réplique fait basculer la conversation ? Quelles sont les guerres évoquées dans le dialogue ?
6. Le passage ménage un autre effet de surprise : relevez deux jugements de Pierre qui sont contraires à l'opinion commune ou à la réalité historique. En vous aidant de votre connaissance de l'ensemble de la pièce, expliquez l'attitude du personnage.

Le surgissement de l'intime (l. 35-51)

7. Deux éléments sont au centre du dialogue entre Pierre et Gus : lesquels ? Que représentent-ils pour Pierre ?
8. Lequel de ces deux éléments semble susciter des sentiments contradictoires ? Pourquoi ?

BILAN ET PROLONGEMENT

9. Montrez que l'échange entre Pierre et Gus gagne progressivement en intimité.

10. Quelle figure de style peut résumer cette scène, tant sur le plan des thèmes abordés (guerre, amour et mort) que sur celui des tonalités mises en œuvre (comique et sérieux) ?

11. Lisez la suite du tableau : en quoi confirme-t-elle ce goût pour les effets de contraste ?

12. **Prolonger sa lecture** : « Les sens de la mémoire », groupement de textes 1 (p. 110-116).

TISSER UN LIEN PERSONNEL AVEC LE TEXTE

SE RACONTER PAR LE SOUVENIR

A. Évoquez votre madeleine. Chez Pierre, les biscuits font ressurgir le passé. Et vous, quelle est votre « madeleine » ? Racontez en une vingtaine de lignes un souvenir lié à une sensation gustative, qui se manifeste de façon involontaire.

B. « Je me souviens. » L'écrivain Georges Perec (1936-1982) publie en 1978 un ouvrage intitulé *Je me souviens* : il y consigne 480 bribes de souvenirs se rapportant aux quinze années séparant son dixième de son vingt-cinquième anniversaires. L'extrait de la page suivante reproduit les premiers « Je me souviens » de l'écrivain. Sur ce modèle, formulez au moins dix souvenirs variés correspondant à ceux des adolescents de votre génération. Utilisez l'anaphore « Je me souviens » pour commencer chacune de vos phrases. Vous pouvez vous remémorer un slogan, une odeur, une mode, un extrait de chanson, une règle ou un poème appris à l'école, un événement historique, une personnalité...

IMPRESSIONS DE LECTURE

Trouvez-vous cette scène entre Pierre et Gus touchante ? Pourquoi ?

Georges Perec, *Je me souviens*

1

Je me souviens des dîners à la grande table de la boulangerie. Soupe au lait l'hiver, soupe au vin l'été.

2

Je me souviens du cadeau Bonux disputé avec ma sœur dès qu'un nouveau paquet était acheté.

3

Je me souviens des bananes coupées en trois. Nous étions trois.

4

Je me souviens de notre voiture qui prend feu dans les bois de Lancôme en 76.

5

Je me souviens des jeux à l'élastique à l'école.

6

Je me souviens de la sirène sonnant, certaines après-midi, à côté de l'école et qui vrombissait jusqu'à envahir l'espace que nous habitions.

7

Je me souviens de Monsieur Mouton, l'ophtalmo, qui avait une moustache blanche.

8

Je me souviens des coups de règle en fer sur les doigts.

9

Je me souviens des Malabar achetés chez la confiseuse au coin de la rue.

10

Je me souviens de l'odeur enivrante des livres, à la rentrée scolaire.

Georges Perec, *Je me souviens* [1978, Hachette Littérature],

La torture de la mémoire

Tableau 18, p. 61-64, l. 1-74

ENTRER DANS LE TEXTE PAR LE REPÉRAGE

Dans la scène, délimitez le cauchemar de Pierre et son réveil. Quels éléments retrouve-t-on dans chacun des passages ?

ANALYSER

Du cauchemar... (l. 1-45)

1. Quels artifices de mise en scène sont utilisés pour représenter le cauchemar de Pierre ?
2. Quelle scène est figurée dans ce cauchemar ? Quel rôle y tient Pierre ? Montrez que ce rôle y évolue.
3. Qu'est-ce qui rend difficile la compréhension de cette scène ?
4. La violence domine ce passage. Pourtant, chacun des protagonistes évoque des éléments associés au plaisir et à l'amour. Lesquels ? Pourquoi selon vous ?

... à la réalité et à la vérité (l. 46-74)

5. « T'as fait un cauchemar rendors-toi » (l. 57) : quel rôle joue Gus auprès de Pierre dans la seconde partie du tableau ?
6. Quelle image de la guerre d'Algérie se dessine peu à peu ? Les agissements de Pierre et de son groupe correspondent-ils au simple « maintien de l'ordre » mentionné au tableau 12 (p. 41, l. 31) ?
7. Dans cette seconde partie du tableau, quel aveu Pierre fait-il à son petit-fils ? « alors je / Caldoz et Lapouge l'ont allongé par terre » (l. 62-63) : cette hésitation de Pierre sur le sujet du verbe, *a priori* insignifiante, est en réalité révélatrice. Quelle vérité éclate pour le spectateur ou le lecteur ?

BILAN ET PROLONGEMENT

8. Pourquoi peut-on dire que ce cauchemar met au jour deux formes de torture, celle du « petit berger » et celle du grand-père de Gus ?
9. Montrez que le cauchemar et la réalité exprimée au réveil contrastent à la fois par leur longueur et par leur précision.

10. Poursuivre sa lecture : « Comment raconter la guerre d'Algérie ? », groupement de textes 2 (p. 117-123).

TISSER DES LIENS PERSONNELS AVEC LE TEXTE

UN TABLEAU CAUCHEMARDESQUE

Observez les peintures de Füssli et de Lee Krasner (cahier photos, p. VI). Imaginez le cauchemar correspondant à l'une de ces œuvres et racontez-le en une quinzaine de lignes.

IMPRESSIONS DE LECTURE

Approfondissez votre réflexion sur la responsabilité de Pierre en répondant à ces questions : quel sentiment éprouvez-vous à son égard ? Comment le jugez-vous ? Qu'est-ce qui vous incite à faire preuve d'indulgence à son endroit ?

Se rappeler pour se réconcilier

Tableau 21, p. 69-72, l. 31-114

ENTRER DANS LE TEXTE PAR LA RÉFLEXION

« Valise et cercueil » sont les mots qui donnent son titre au tableau : de quoi sont-ils le symbole ? Quel effet leur association crée-t-elle ?

ANALYSER

Un aveu terrible (l. 31-75)

1. Quel crime Pierre avoue-t-il à Gus ? Quels procédés stylistiques le mettent en valeur ? Comment interprétez-vous le passage de la troisième à la première personne du singulier ?
2. Quelle relation Pierre avait-il nouée avec Lakhdar ? Pourquoi se porte-t-il volontaire lorsque le petit berger est arrêté ? En quoi le lien noué accentue-t-il l'horreur du crime ?
3. Comment le récit de Pierre rend-il compte d'une situation qui lui échappe ? Que traduisent les répétitions du texte (l. 57-67) ? En quoi Pierre est-il confronté à des injonctions contradictoires ?

4. Quelle est la fonction de la comptine dans ce contexte ? Pour répondre à cette question, interrogez-vous sur l'éclairage qu'elle donne d'une part sur la situation vécue par Lakhdar et d'autre part sur l'état psychologique de Pierre.

Réconciliations (l. 76-113)

5. Quelles sont les réactions de Pierre et de Gus juste après cet aveu (l. 76-87) ? Comment les interprétez-vous ? Pour comprendre ce que peut éprouver l'adolescent, reportez-vous notamment à la scène précédente (p. 67-68, l. 25-47).

6. Quels « événements » se produisent trois jours après l'aveu ? De quoi sont-ils les signes ? En quoi la formulation de son crime a-t-elle libéré Pierre ?

7. Que symbolise l'épisode de la pomme ? Pour répondre, relisez le tableau 19 (p. 64, l. 17-22).

8. À la fin du passage (l. 88-114), plusieurs liens qui avaient été brisés sont restaurés : lesquels ? En quoi certains d'entre eux ont-ils une valeur symbolique ?

L'atelier de lecture

BILAN ET PROLONGEMENT

9. Selon vous, ce dénouement est-il heureux ou malheureux ? Justifiez votre réponse.

10. **Approfondir en images** : « L'arbre généalogique : représentations de la famille », cahier photos (p. IV) et « Le coin des arts » (p. 124-127).

TISSER DES LIENS PERSONNELS AVEC LE TEXTE

MÉMOIRES DE LA GUERRE D'ALGÉRIE

La guerre d'Algérie a donné lieu à des commémorations officielles et à l'édification de lieux du souvenir en hommage aux victimes militaires et civiles du conflit, en France et en Algérie. Recherchez ces monuments sur Internet.

IMPRESSIONS DE LECTURE

Comment jugez-vous ce dénouement ? Quels sentiments suscite-t-il chez vous ? Pourquoi ?

Synthétiser

UNE PIÈCE ORIGINALE SUR LA TRANSMISSION

Modernité théâtrale

1. Pourquoi la pièce peut-elle surprendre un lecteur habitué au théâtre classique ?
2. Intéressez-vous à la variété de tonalités à l'œuvre dans la pièce : en quoi remet-elle en cause l'unité voulue par le théâtre classique pour maintenir la séparation des genres ? Quels sont les effets de l'alternance des tonalités ? Pour répondre, appuyez-vous sur des tableaux précis.

Des personnages complémentaires

1. Pierre et Gus sont des personnages totalement opposés : dressez la liste de tout ce qui les sépare dans la pièce.
2. Conflit, partage et réconciliation sont les mots qui résument l'évolution des relations entre le grand-père et son petit-fils au fil de l'œuvre. Associez à chacune de ces étapes une scène clé.
3. Pierre semble avoir perdu le contrôle de sa mémoire : citez des épisodes où elle se refuse à lui et des épisodes où, à l'inverse, elle se manifeste par surprise. Ces deux mouvements sont-ils nécessairement contradictoires ?
4. Gus est-il uniquement un élément perturbateur pour son grand-père ? En quoi peut-on dire qu'il joue un double rôle ? Argumentez votre réponse.

Une construction complexe

1. Précisez le cadre temporel de l'action. La pièce épouse-t-elle le déroulement chronologique de l'histoire ? Comment s'appelle le procédé narratif sur lequel repose sa construction ?
2. Dans certaines scènes, le dramaturge mêle aux paroles des personnages des éléments relatifs au passé. Analysez cette juxtaposition

dans les tableaux 8, 9, 10 et 15. Comment fonctionne-t-elle ? Quel est son effet sur le lecteur ou le spectateur ? Que suppose-t-elle pour les comédiens ?

Des motifs symboliques

1. **Débroussaillage**. Le jardin et son débroussaillage constituent un motif récurrent de la pièce. En quoi ce motif a-t-il une valeur symbolique ? Pour répondre, précisez le sens figuré du verbe « débroussailler ». Comparez la progression du débroussaillage et l'évolution des personnages et de leur relation. Enfin, rapportez votre analyse à la représentation de la végétation dans les planches de bande dessinée **(p. 7-12)**.
2. **Nuit**. À quoi la nuit, présente dès le titre de l'œuvre, est-elle successivement associée dans la pièce ? Retrouvez-vous ces différentes connotations dans les représentations de la nuit réunies dans le cahier photos **(p. VI-VIII)** ?

L'atelier de lecture

VERS L'EXAMEN

Sujet de réflexion : pourquoi se souvenir ?

Dans *Un merveilleux malheur* (Odile Jacob, 2002), le psychiatre et psychanalyste français Boris Cyrulnik théorise la notion de « résilience », c'est-à-dire la capacité qu'ont des personnes à triompher des traumatismes qu'elles ont subis grâce à certains mécanismes : « Le récit de soi [...] est un processus qui soigne et qui est nécessaire à la construction de toute identité individuelle ou collective. Je sais qui je suis, comment je réagis, ce que j'aime et ce dont je suis capable, en faisant le récit de mon histoire intime. Nous savons qui nous sommes, ce qui caractérise notre groupe ou notre nation, en faisant le récit des hommes que nous admirons, en racontant nos merveilleuses victoires et nos douloureuses revanches. »
En quoi la fin de la pièce d'Ahmed Madani confirme-t-elle la thèse exposée par Boris Cyrulnik ?
Selon vous, faut-il se souvenir du passé ou regarder seulement vers l'avenir ?

Sujet d'imagination : écritures de soi

Gus parle à plusieurs reprises de lui, formulant à la fois ses refus et ses aspirations, ses haines et ses désirs. Ces énumérations permettent de dessiner progressivement le portrait d'un adolescent révolté en quête de reconnaissance. Cette manière de se dire rappelle à certains égards celle adoptée par Roland Barthes, philosophe et critique littéraire, dans son écrit autobiographique *Roland Barthes par Roland Barthes* (Seuil, 1975) : « *J'aime* : la salade, la cannelle, le fromage, les piments, la pâte d'amandes, l'odeur du foin coupé (j'aimerais qu'un "nez" fabriquât un tel parfum), les roses [...], la bière excessivement glacée, les oreillers plats, [...], avoir la monnaie [...], etc. *Je n'aime pas* : les loulous blancs, les femmes en pantalon, les géraniums, les fraises, le clavecin, Miró, les tautologies, les dessins animés, Arthur Rubinstein, les villas, les après-midi, Satie, Bartók, Vivaldi, téléphoner, les chœurs d'enfants, [...], les scènes, les initiatives, la fidélité, la spontanéité, les soirées avec des gens que je ne connais pas, etc. »

À votre tour, à la manière de Roland Barthes, énumérez ce que vous aimez et ce que vous n'aimez pas, en mélangeant des noms de lieux, de personnalités, des titres de films, des termes désignant des aliments, des objets, des êtres, des sentiments, etc. Pour que votre liste soit réussie, elle doit être originale et composée d'éléments de nature différente.

Oral : défendre une œuvre

Une partie de l'épreuve orale du bac de français consiste à défendre une œuvre lue pendant l'année : en trois minutes, il s'agit de la présenter et d'exposer de façon convaincante et précise son intérêt pour le texte.

Entraînez-vous avec *Je marche dans la nuit par un chemin mauvais*, en réfléchissant à l'émotion que vous avez ressentie à sa lecture, aux éléments qui ont pu vous séduire (personnages, intrigue, thèmes, style de l'auteur, message), et aux passages que vous avez trouvés marquants.

Vers la mise en scène

Visionnez la captation de la pièce montée par Ahmed Madani au Théâtre de la Tempête en 2014 sur le site de la collection[1], puis répondez aux questions suivantes :

DÉCOR ET COSTUMES

1. Décrivez le décor conçu pour la représentation. Comment la maison est-elle figurée ? Comment interprétez-vous ce choix ? (Vous pouvez également vous appuyer sur les photos réunies dans le cahier photos, p. I-III.)
2. Au théâtre, le costume donne à voir et à saisir un personnage. Ahmed Madani ne précise pas les tenues de Pierre et de Gus dans les didascalies de sa pièce : faites-le en complétant comme il convient la présentation des personnages (p. 16). Quelles remarques pouvez-vous formuler sur les vêtements que portent les comédiens ?

TABLEAUX CLÉS

Une exposition originale (tableaux 1 et 2, du début à 00:05:40)

1. Quel rôle jouent la lumière et la musique dans le premier tableau de la pièce ? En quoi ce début est-il plus proche du genre cinématographique que du genre théâtral ? Pourquoi peut-on dire que le mouvement de la caméra souligne la tension de cette scène ?
2. Dans le deuxième tableau, qui a valeur d'exposition, comment les personnages sont-ils mis en scène ? Pour répondre à cette question, intéressez-vous à leur placement et au jeu de lumières.
3. Quel effet les gros plans sur les deux personnages parlant face caméra produisent-ils sur les spectateurs ?

---

1. La vidéo est proposée en accès libre dans la bibliothèque numérique associée à la pièce sur le site des « Ateliers d'Actes Sud » : lesateliersactessud.fr/livre/je-marche-dans-la-nuit-par-un-chemin-mauvais.

La colère de Gus (tableau 8, de 00:14:06 à 00:15:34)

1. Comment le comédien interprétant Gus exprime-t-il la colère de son personnage ?
2. Ce tableau est-il facile à jouer pour le comédien incarnant Gus ? Comment jugez-vous le jeu de Vincent Dedienne dans cette scène ?
3. Comment réagissent les spectateurs dans ce tableau ? En quoi cette scène peut-elle prêter à rire ?

Dénouement et vérités (tableau 21, de 01:21:00 à la fin)

1. Au début du tableau 21, quels sont les placements respectifs de Pierre et de Gus sur scène ? Qu'est-ce que traduit ce choix de mise en scène ? Comment l'interprétez-vous ?
2. Lors de l'aveu de son grand-père, où est placé Gus ? Pourquoi selon vous ? Décrivez le jeu de Pierre : que traduit son regard ?
3. Analysez le jeu des lumières à la fin du tableau : que met-il en valeur ? Dans la pièce, quel autre moment est mis en scène de la même façon ? Quelles remarques vous inspire ce parallélisme ?

IMPRESSIONS DE SPECTATEUR

1. Pour le journal de votre établissement, rédigez un compte rendu d'une vingtaine de lignes de la captation que vous avez vue. Votre texte sera précédé d'un titre accrocheur, commentera avec précision les choix de mise en scène, le jeu des comédiens, ainsi que la façon dont la pièce est filmée. Vous conclurez votre propos en incitant, ou non, vos camarades à visionner cette captation.
2. Lire une pièce ou la voir jouer : que préférez-vous ? En une vingtaine de lignes, exprimez votre point de vue en justifiant votre réponse. Votre propos pourra être nuancé et souligner l'intérêt que vous trouvez dans ces deux formes de découverte du texte théâtral.

Résonances et rebonds

La réserve de textes

Les sens de la mémoire

Groupement 1

Dans la pièce d'Ahmed Madani, Pierre souffre d'une perte de mémoire immédiate (il ne se rappelle pas ce qu'il a fait récemment). Mais il subit aussi les assauts du passé, qui se manifeste sans crier gare, après avoir mangé un gâteau ou revu des photos. De tels épisodes mettent en lumière le rôle des perceptions dans le fonctionnement de la mémoire. Alors que le passé semble oublié, il reste ancré sous forme de sensations qui, lorsqu'elles sont à nouveau éprouvées, le font revivre. C'est ce mécanisme que soulignent de nombreux récits à dimension autobiographique, au premier rang desquels *À la recherche du temps perdu*, de Marcel Proust (ci-dessous), à qui Ahmed Madani emprunte le motif de la madeleine. Mathias Malzieu (p. 112) et Valentine Goby (p. 114) témoignent eux aussi de l'importance des sens dans le travail de la mémoire, associant des êtres chers à des odeurs et à des bruits, aussi tenaces dans le temps que vivaces au moment où ils sont ressentis.

Marcel Proust, *Du côté de chez Swann* (1913)

Paru en 1913, *Du côté de chez Swann* est le premier volet d'une longue série romanesque qui en compte sept et occupa son auteur, Marcel Proust (1871-1922), pendant quatorze ans : *À la recherche du temps perdu*, autobiographie fictive ou déguisée. Dans ce volume, Marcel, le personnage-narrateur cherche à recomposer les étapes de son enfance. Ses souvenirs demeurent très incomplets jusqu'à ce qu'il fasse l'expérience de la mémoire involontaire liée aux sensations : goûtant une madeleine, il renoue avec son passé oublié. En passant à la postérité, cet épisode très célèbre a doté la madeleine d'un statut particulier, faisant d'elle un « objet » symbolique du surgissement du souvenir.

Il y avait déjà bien des années que, de Combray[1], tout ce qui n'était pas le théâtre et le drame de mon coucher, n'existait plus pour moi, quand un jour d'hiver, comme je rentrais à la maison, ma mère, voyant que j'avais froid, me proposa de me faire prendre, contre mon habitude, un peu de thé. Je refusai d'abord et, je ne sais pourquoi, me ravisai[2]. Elle envoya chercher un de ces gâteaux courts et dodus appelés Petites Madeleines qui semblent avoir été moulés dans la valve rainurée[3] d'une coquille de Saint-Jacques. Et bientôt, machinalement, accablé par la morne[4] journée et la perspective d'un triste lendemain, je portai à mes lèvres une cuillerée du thé où j'avais laissé s'amollir un morceau de madeleine. Mais à l'instant même où la gorgée mêlée des miettes du gâteau toucha mon palais, je tressaillis, attentif à ce qui se passait d'extraordinaire en moi. Un plaisir délicieux m'avait envahi, isolé, sans la notion de sa cause. Il m'avait aussitôt rendu les vicissitudes[5] de la vie indifférentes, ses désastres inoffensifs, sa brièveté illusoire, de la même façon qu'opère l'amour, en me remplissant d'une essence précieuse : ou plutôt cette essence n'était pas en moi, elle était moi. J'avais cessé de me sentir médiocre, contingent[6], mortel. D'où avait pu me venir cette puissante joie ? Je sentais qu'elle était liée au goût du thé et du gâteau, mais qu'elle le dépassait infiniment, ne devait pas être de même nature. D'où venait-elle ? Que signifiait-elle ? Où l'appréhender[7] ? Je bois une seconde gorgée où je ne trouve rien de plus que dans la première, une troisième qui m'apporte un peu moins que la seconde. Il est temps que je m'arrête, la vertu[8] du

1. **Combray** : village fictif, très largement inspiré d'Illiers (où Marcel Proust enfant séjourna pendant ses vacances), désormais appelé Illiers-Combray, en Eure-et-Loir. Enfant, le narrateur de la *Recherche* y passe ses vacances chez sa tante Léonie. Adulte, il en a tout oublié sauf l'épisode douloureux du coucher et l'attente angoissée d'un baiser de sa mère.
2. **Me ravisai** : changeai d'avis.
3. **Valve rainurée** : coquille marquée par des rainures, c'est-à-dire des sillons.
4. **Morne** : triste.
5. **Vicissitudes** : événements malheureux.
6. **Contingent** : sans importance.
7. **L'appréhender** : la saisir.
8. **Vertu** : pouvoir, qualité.

breuvage semble diminuer. Il est clair que la vérité que je cherche n'est pas en lui, mais en moi. [...]

Et tout d'un coup le souvenir m'est apparu. Ce goût, c'était celui du petit morceau de madeleine que le dimanche matin à Combray (parce que ce jour-là je ne sortais pas avant l'heure de la messe), quand j'allais lui dire bonjour dans sa chambre, ma tante Léonie m'offrait après l'avoir trempé dans son infusion de thé ou de tilleul. La vue de la petite madeleine ne m'avait rien rappelé avant que je n'y eusse goûté ; peut-être parce que, en ayant souvent aperçu depuis, sans en manger, sur les tablettes des pâtissiers, leur image avait quitté ces jours de Combray pour se lier à d'autres plus récents ; peut-être parce que, de ces souvenirs abandonnés si longtemps hors de la mémoire, rien ne survivait, tout s'était désagrégé ; les formes – et celle aussi du petit coquillage de pâtisserie, si grassement sensuel sous son plissage sévère et dévot[1] – s'étaient abolies, ou, ensommeillées, avaient perdu la force d'expansion qui leur eût permis de rejoindre la conscience. Mais, quand d'un passé ancien rien ne subsiste, après la mort des êtres, après la destruction des choses, seules, plus frêles[2] mais plus vivaces, plus immatérielles, plus persistantes, plus fidèles, l'odeur et la saveur restent encore longtemps, comme des âmes, à se rappeler, à attendre, à espérer, sur la ruine de tout le reste, à porter sans fléchir, sur leur gouttelette presque impalpable, l'édifice immense du souvenir.

Marcel Proust, *Du côté de chez Swann* [1913], GF-Flammarion, 2009, p. 144-147.

Mathias Malzieu, *Maintenant qu'il fait tout le temps nuit sur toi* (2005)

Mathias Malzieu est un chanteur et musicien français né en 1974. *Maintenant qu'il fait tout le temps nuit sur toi* est son premier roman. Dans ce récit à la tonalité merveilleuse et onirique, l'auteur exprime sa difficulté à faire le deuil de sa mère disparue. Dans cet extrait, sons,

1. **Dévot** : ici, régulier et austère.
2. **Frêles** : fragiles, délicates.

odeurs et parfums ressuscitent la figure maternelle et abolissent le temps.

Elle était un peu sorcière pour faire à manger. Elle avait ses recettes qu'elle ne voulait révéler à personne. Sa cuisine était son atelier, son antre à parfums et fumées. Elle faisait monter les œufs à la neige avec un coup de poignet souple comme un roulement de tambour. Pour les crêpes, elle ressemblait à un DJ, jonglant avec les plaques chauffantes et les poêles comme si elle passait des disques – à croire qu'elle cuisinait des disques mangeables ou des crêpes écoutables dans mon vieux mange-disque[1] orange. Elles étaient bonnes, ses crêpes, elles sonnaient « crrrépissssima » tout craquait ! splashaient l'huile et les pincées ! De la neige ! Elle cuisinait avec de la neige, j'en suis sûr, elle faisait cuire la neige, elle montait les œufs en neige, elle fabriquait ses œufs, elle y logeait ses secrets. Elle y logeait l'histoire de sa vie. Danse de couvercles. Les plats claquent, clic-clac ! Les plaques ! La petite minuterie en plastique bat comme un cœur ! Elle y mettait du piment, « du sien » comme on dit. Elle tordait les boutons de la cuisinière, montait le son, faisait des expériences. Elle cassait un œuf et se lançait dans une préparation, même d'une petite chose simple à manger, c'est parti, la voilà, en chœur dans sa cuisine, elle fait chanter son orchestre à gourmandise, elle chante.

Tu criais parce que tu renversais les choses, que tu te coupais, ou que tu te brûlais, toujours le même doigt. Ça chauffait tellement qu'on aurait dit que tu faisais cuire la maison entière pour nous la servir toute parfumée. Même avec une armée de tourne-disques branchés en stéréo, je n'arrive pas à reproduire le monstrueux son de craquement-cuisson que tu orchestrais dans ta cuisine. [...]

Elle se danse ta cuisine, faites du bruit, je veux entendre encore. Faites-moi vibrer cet escalier, et la salle à manger, l'horloge en fer, détraque-moi ça, enlève les piles, mange-les, pends-toi aux

1. Le **mange-disque** (comme le **tourne-disque**, évoqué plus loin dans le texte) est un appareil qui servait à écouter des disques vinyles.

aiguilles, remonte le temps, le temps d'avant, refais pousser les sapins de Noël, le temps où c'était possible que la putain de porte de ta chambre s'ouvre et qu'on te voie derrière, ouvrez-moi cette porte, et secouez les photographies, tu n'as pas fini le dernier livre que je t'ai offert, il est là, il t'attend, avec tes carnets à secrets et ton stylo-loupiote[1] pour écrire la nuit, allez nom de Dieu ! Relevez-vous, relevez-nous, je n'en peux plus de cette porte.

Mathias Malzieu, *Maintenant qu'il fait tout le temps nuit sur toi*,
© Flammarion, 2005, rééd. coll. « J'ai lu », 2006, p. 81-82.

Valentine Goby, *Baumes* (2014)

Avec *Baumes*, l'écrivaine Valentine Goby (née en 1974) propose une autobiographie « olfactive » : de son enfance sur la Côte d'Azur, à Grasse, pays des parfumeurs, jusqu'à ses voyages aux quatre coins du monde, elle raconte les grands moments de sa vie à travers les odeurs qui l'ont jalonnée et qui ont façonné son histoire personnelle. Le récit s'ouvre sur l'évocation de son père de retour du travail : les effluves de l'usine de parfum qui l'emploie annoncent sa présence et dessinent son portrait autant qu'ils modifient l'atmosphère de la maisonnée.

D'un bout à l'autre de mon enfance, l'odeur d'usine signe le retour de mon père. L'odeur puissante des cuves à distiller[2], qui excède toutes les odeurs connues de la nature, les aggrave prodigieusement. Odeur d'essences pures, lavande pure, rose pure, orange pure, vanille pure, parfois additionnées, citron pur et griotte[3] pure, menthe pure et tubéreuse[4] pure, trop compactes pour se dissoudre, s'annuler l'une dans l'autre : iris contre gingembre, encens contre violette, luttant à même la fibre des vêtements. L'odeur incruste les vestes de mon père, ses écharpes de laine, ses mouchoirs de soie, ses costumes, ses chemises,

---

1. **Stylo-loupiote** : stylo muni d'une petite lampe.
2. **Cuves à distiller** : grands récipients servant à recueillir les essences pour fabriquer des parfums.
3. **Griotte** : type de cerise acide.
4. **Tubéreuse** : plante odorante à haute tige et fleurs blanches, utilisée en parfumerie.

ses nœuds papillons, le cuir de ses chaussures, et aussi ses cheveux, la peau de son visage, la peau de ses mains, ses ongles, ses poils. Dès son entrée dans la maison, l'odeur d'usine dissout toute concurrence, le fumet[1] de soupe et de gratin en train de cuire, les effluves de savon de Marseille de la salle de bains, le tabac froid, l'humidité des murs. L'odeur précède mon père, l'escorte dans les couloirs, marque son sillage comme l'herbe couchée le passage d'un animal. Plus nette encore quand il revient de voyage, de longs et fréquents voyages qui nettoient la place tandis qu'il traque, en Inde, en Côte d'Ivoire ou au Pérou, des matières à extraire pour l'usine à parfums. L'odeur d'usine le déborde, le dilate, s'étend partout en nappe immobile, solide et dense. Elle s'engouffre dans l'escalier portée par le courant d'air, pénètre dans chaque pièce, s'insinue dans ma chambre par le pas de la porte, jusqu'au bureau où je fais mes devoirs sous le halo de la lampe. Puis dans mes narines. Puis dans ma bouche. Puis elle tombe en neige lourde au fond de mes poumons. Je ne lève pas la pointe de mon stylo, je ne referme pas mon livre, je fixe les mots de ma leçon, je termine l'exercice. L'odeur atteint l'atelier de tissage de ma mère au grenier, elle y arrive légèrement défaite, et absorbe les traces de naphtaline[2] dans la laine cardée[3]. L'odeur dessine un territoire, le territoire de mon père. Lui est invisible. À cause de l'odeur je sais qu'il est dans la maison, sans doute il dénoue sa cravate ou son nœud papillon, enlève sa veste, ourle[4] ses manches de chemise, se verse de l'eau, et chacun de ses gestes brasse l'air de la cuisine. À cet instant il est présent et absent à la fois, [...] comme ces spectres que je sais chaque soir tapis sous mon lit, dans le fond de mon armoire, et dont je sens la nuit les frôlements sans les voir : leur transparence envahit ma chambre, je me recroqueville sous les couvertures. [...] C'est l'heure du néant et du noir. Avec l'odeur d'usine sombre le monde familier,

Résonances et rebonds

1. **Fumet** : odeur qui se dégage de substances cuisinées (ici, la soupe).
2. **Naphtaline** : produit antimite.
3. **Laine cardée** : laine débarrassée de ses impuretés, lavée et peignée pour la confection textile.
4. **Ourle** : fait un revers à.

souple et fantasque de ma mère, où la télévision babille trop tard, la musique résonne trop fort, la baignoire fait office de piscine, les paquets de biscuits s'ouvrent à 18 heures, les jeux de pistolets à eau sont permis dans les escaliers, les lits servent de trampoline, le maïs crépite en pop-corn sous le couvercle d'une casserole à la place du dessert, et mes frères remontent les derniers virages de la route qui mène à la maison allongés sur le toit de la Renault break, ma mère donnant des coups de volant et d'accélérateur qui les font hurler de terreur et de joie, ils sont Starsky et Hutch[1] dans le soleil couchant, dans le chant des cigales et la fraîcheur qui monte. Ensuite ma mère me veille jusqu'au sommeil, elle chasse les fantômes et je n'ai peur de rien. Ce monde s'évanouit au retour de mon père.

Valentine Goby, *Baumes*, Actes Sud, coll. « Essences », 2014, p. 13-15.

Questions sur les textes

1. Quels éléments vous permettent d'associer ces textes au genre autobiographique ?
2. Quels sont les différents sens convoqués dans chacun des récits ? Par quoi ou par qui sont-ils sollicités ?
3. Quelle phrase du texte de Marcel Proust célèbre le rôle des sensations dans la permanence des souvenirs ? Expliquez-la en la reformulant. Comment se manifeste ce processus dans son récit ? et dans celui de Mathias Malzieu ?
4. Comme Mathias Malzieu qui ordonne de « secoue[r] les photographies », Ahmed Madani montre l'importance des images dans le processus du souvenir : dans quel tableau de sa pièce est-ce évident ? En quoi les images sont-elles puissantes ?

1. Starsky et Hutch sont les héros éponymes d'une série américaine très célèbre à la fin des années 1970 : ces deux policiers californiens résolvaient les affaires criminelles de façon originale et musclée.

Comment raconter la guerre d'Algérie ? Groupement 2

Fictions ou témoignages autobiographiques, de nombreuses œuvres littéraires ont été écrites sur la guerre d'Algérie.
Le groupement qui suit réunit les textes de trois auteurs, Jeanne Benameur (ci-dessous), Leïla Sebbar (p. 119) et Jérôme Ferrari (p. 121), qui ont hérité de cette histoire à titres divers. Plusieurs dizaines d'années après les événements, ils prennent la plume pour rendre compte de ces épisodes sanglants, souligner la difficile transmission d'une réalité traumatisante mais aussi tenter d'exhumer des vérités longtemps cachées. Tous participent ainsi à l'édification d'une mémoire collective.

Jeanne Benameur, *Ça t'apprendra à vivre* (1998)

Née en 1952, l'écrivaine Jeanne Benameur livre avec *Ça t'apprendra à vivre* un roman autobiographique. À travers les yeux de la fillette qu'elle a été, elle raconte son départ d'Algérie en 1958 pour la France, évoquant tout à la fois la guerre d'Algérie et la douleur de l'exil. Le récit commence par une scène intitulée « L'attaque » : la famille s'est barricadée dans la prison que dirige son père, un Arabe employé par l'administration française, pour échapper aux représailles de ce qui deviendra l'OAS, organisation politico-militaire farouchement opposée à l'indépendance de l'Algérie.

Dans le silence, j'entends ma propre respiration comme si c'était celle de quelqu'un d'autre.

Je suis accroupie contre un lit.

Mes deux sœurs sont ensemble dans un coin de la petite chambre. On nous a dit de ne pas bouger.

Il ne faut pas qu'on sache qu'on est là.

Là, c'est notre maison. C'est la prison. Puisque mon père la dirige, on en fait partie. Là, c'est une petite ville en Algérie, à l'est des Aurès[1].

1. **Aurès** : région en partie montagneuse située dans le Nord-Est de l'Algérie.

Un matelas contre la fenêtre. La porte est fermée à clef, barricadée.

Où est ma mère ?

Les hommes sont en bas. Ils attendent. Les hommes, c'est mon père, les gardiens de la prison – les quatre Français, les quatre adjoints arabes –, quelques prisonniers qu'on a pris le risque d'armer, six légionnaires[1] et mon frère. Lui aussi a une carabine.

Il est en bas. C'est le fils. Ce n'est pas « une poule mouillée ». Il n'a que quatorze ans.

« Ordre de ne tirer qu'à la première blessure. »

C'est la voix de mon père. L'ordre est répété par d'autres voix, relayé.

Nous sommes en 1958.

Je fixe les lattes du parquet. C'est pas droit, les lignes qui les séparent. Rien dans quoi me blottir.

Des paroles en bas qui claquent, en français, en arabe. Des bruits secs. Les crosses des fusils contre les grandes dalles noires et blanches du hall.

J'ai vu les fusils tout à l'heure. J'ai vu les cartouches.

J'ai vu un légionnaire caresser notre chien, un berger allemand qui peut égorger un chameau, qui l'a fait. Moi, je lui monte dessus. Il a le poil rêche et plus doux au ventre. C'est mon chien et je l'aime.

Maintenant il est en bas. C'est un chien d'attaque.

Le commandant de la Légion a envoyé six hommes en renfort pour nous protéger. Des durs.

Il nous aime bien. Ma mère a les yeux si bleus !

C'est son côté porcelaine, Italie du Nord.

Pour tant de gens, c'est impardonnable ! Une belle blonde comme ça, épouser un Arabe !

Comment faire ?

1. **Légionnaires** : militaires appartenant à la Légion étrangère, corps de l'armée française.

Aujourd'hui mon père a dit non. Il a osé. C'est son caractère. Il a dit non à ceux qui deviendront plus tard l'OAS. Non à la corvée de bois[1]. C'était si simple d'embarquer quelques détenus arabes dans un camion, de les faire descendre à quelques kilomètres de la ville, de leur tirer dans le dos… « Ils ont cherché à s'évader, chef ! »

Voilà, il a dit non, plus de corvée de bois, fini, et ils sont repartis, la rage crispant les doigts sur les armes. Sale Arabe !

L'après-midi au bar, ils ont bu. Des légionnaires ont entendu les menaces. « On va lui faire la peau, à l'Arabe, ce soir. On va retourner les chercher, les bicots[2], nous ! » Quel est celui, parmi les légionnaires, qui nous a sauvé la vie en livrant l'information au commandant, « Ils vont tout massacrer à la prison » ?

On ne le saura jamais.

Moi, j'ai cinq ans.

Depuis six heures du soir, ici, c'est une forteresse.

Jeanne Benameur, *Ça t'apprendra à vivre*, © Denoël, 2003, rééd. Actes Sud, coll. « Babel », 2012, p. 9-11.

Résonances et rebonds

Leïla Sebbar, *La Seine était rouge, Paris, octobre 1961* (1999)

À Paris, le 17 octobre 1961, cinq mois avant la fin de la guerre, plusieurs dizaines de milliers d'Algériens manifestent pacifiquement contre le couvre-feu auquel ils sont soumis depuis peu. La répression policière est terrible et plus d'une centaine d'Algériens sont tués[3]. Pourtant, pendant des décennies, le souvenir de cet épisode majeur de la guerre d'Algérie est occulté. C'est seulement vers la fin des années 1990 qu'il fait l'objet d'une réflexion politique et historique, et que commence véritablement un travail de mémoire. Le roman de Leïla Sebbar (née en 1941 d'un père algérien et d'une mère française) paraît dans ce contexte.

---

1. **Corvée de bois** : expression par laquelle les soldats français désignent les exécutions sommaires de prisonniers algériens, le plus souvent des civils, soupçonnés de sympathie pour les indépendantistes du FLN.
2. **Bicots** : terme péjoratif et raciste désignant les Arabes nord-africains.
3. Voir « Brefs repères sur la guerre d'Algérie (1954-1962) », p. 92.

Amel, jeune Française d'origine algérienne de seize ans, cherche à connaître la vérité sur cet événement. Mais sa mère Noria et sa grand-mère Lalla semblent préférer le silence à la transmission de souvenirs douloureux – ceux d'une manifestation silencieuse, dont le grand-père d'Amel fut l'un des organisateurs et qui tourna au drame : « On a jeté des manifestants dans la Seine. »

NANTERRE. AMEL.
Octobre 1996

Sa mère ne lui a rien dit ni la mère de sa mère. Elles se voient souvent, la mère et la fille, elles bavardent en français, en arabe, Amel ne comprend pas tout. Elle les entend de sa chambre. Si elle demandait ce qu'elles se disent dans l'autre langue, « la langue du pays » dit Lalla, sa grand-mère lui répondrait, comme chaque fois : « Des secrets, ma fille, des secrets, ce que tu ne dois pas savoir, ce qui doit être caché, ce que tu apprendras, un jour, quand il faudra. Ce jour viendra, ne t'inquiète pas, ce jour viendra et il ne sera pas bienheureux pour toi... » Et elle, Amel, obstinée : « Pourquoi un jour de malheur ? Pourquoi la vérité c'est le malheur ? Dis-moi Lalla, dis-moi... quand je saurai ? Vous parlez en arabe maman et toi, pour que je reste une petite fille qui ne sait pas la langue du pays, la langue de sa mère et de son père ? Si tu parles en grec, en grec ancien, naturellement, je saurai tout... Tu me punis parce que je ne connais pas la langue de ton pays ou si mal que tu te moques de moi ? – Jamais de la vie, ma fille, jamais je ne te punirai parce que tu n'as pas réussi à parler la langue des Ancêtres, tu as essayé, j'ai essayé avec toi, tu n'as pas dit non, mais tu n'as pas parlé l'arabe. Ta mère n'avait pas le temps, comme moi, dans la baraque du bidonville[1]... Tu sais l'anglais, le latin, le grec... Tu es une savante, ma fille, je ne vais pas te punir parce que tu es une savante... – Le bidonville, tu m'as seulement dit qu'il se trouvait à l'endroit du grand parc ou vers l'université, je ne

1. De nombreux bidonvilles voient le jour au milieu des années 1950, dans un contexte de crise du logement et d'afflux de main-d'œuvre immigrée. Nanterre est l'un des plus importants, abritant dans les années 1960 près de 10 000 personnes dans des baraquements de fortune.

sais plus, de l'autre côté de la cité. Dis-moi, le bidonville, Nanterre, maman, et la vie... c'était la guerre... En Algérie, ici aussi[1]. Tu m'as dit que c'était des années difficiles et si je te pose des questions, tu ne réponds pas. – Plus tard, ma fille, plus tard, pour l'instant j'ai pas envie. Parlons d'aujourd'hui... – Tu dis toujours ça, plus tard, plus tard et je sais rien. Tu parles avec maman, tu pourrais me dire tout, et tu ne dis rien, et maman ne dit rien. Tu répètes que je suis savante, tu te moques, je ne sais rien. Tu parles de secret. C'est quoi un secret ? C'est si affreux pour tout cacher ? – Tout, non, mais ce qui fait mal, oui. Voilà, je voulais pas te dire que le malheur existe, et tu m'obliges... – Mais je le sais, tu m'apprends rien. On le voit tous les jours à la télé, on le lit, je le lis dans les livres... – Dans les livres, à la télé... C'est pas pareil ce que je te dirai un jour, au jour dit, et ta mère aussi. – Au jour dit ? Comment tu sauras ? – Je sais, c'est tout... »

Leïla Sebbar, *La Seine était rouge, Paris, octobre 1961*, éditions Thierry Magnier, 1999, rééd. Actes Sud, coll. « Babel », 2009, p. 9-10.

Jérôme Ferrari, *Où j'ai laissé mon âme* (2010)

Dans *Où j'ai laissé mon âme*, Jérôme Ferrari (né en 1968), professeur de philosophie et écrivain, convoque les événements de la bataille d'Alger, en 1957. Durant cet épisode, en réponse à de nombreux attentats, l'armée française s'emploie à démanteler le Front de libération nationale par tous les moyens, pratiquant arrestations massives, torture et exécutions sommaires. Dans le roman, Horace Andreani et André Degorce sont deux officiers du service de renseignements chargé d'interroger les prisonniers.
L'extrait qui suit ouvre le récit. Le lieutenant Andreani s'adresse au capitaine Degorce longtemps après les événements et lui rappelle son attitude ambiguë à l'égard de Tahar, un chef de la rébellion algérienne arrêté par Degorce.

1. La métropole fut aussi le lieu de grandes tensions et d'affrontements entre les partisans de l'Algérie française, les partisans de l'indépendance et les Algériens vivant en France, victimes de nombreuses humiliations.

Je me souviens de vous, mon capitaine, je m'en souviens très bien, et je revois encore distinctement la nuit de désarroi et d'abandon tomber sur vos yeux quand je vous ai appris qu'il[1] s'était pendu.

C'était un froid matin de printemps, mon capitaine, c'était il y a si longtemps, et pourtant, un court instant, j'ai vu apparaître devant moi le vieillard que vous êtes finalement devenu. Vous m'aviez demandé comment il était possible que nous ayons laissé un prisonnier aussi important que Tahar sans surveillance, vous aviez répété plusieurs fois, comment est-ce possible ? Comme s'il vous fallait absolument comprendre de quelle négligence inconcevable nous nous étions rendus coupables – mais que pouvais-je bien vous répondre ? Alors, je suis resté silencieux, je vous ai souri et vous avez fini par comprendre et j'ai vu la nuit tomber sur vous, vous vous êtes affaissé derrière votre bureau, toutes les années qu'il vous restait à vivre ont couru dans vos veines, elles ont jailli de votre cœur et vous ont submergé, et il y eut soudain devant moi un vieil homme à l'agonie, ou peut-être un petit enfant, un orphelin, oublié au bord d'une longue route désertique. Vous avez posé sur moi vos yeux pleins de ténèbres et j'ai senti le souffle froid de votre haine impuissante, mon capitaine, vous ne m'avez pas fait de reproches, vos lèvres se crispaient pour réprimer le flux acide des mots que vous n'aviez pas le droit de prononcer et votre corps tremblait parce que aucun des élans de révolte qui l'ébranlaient ne pouvait être mené à son terme, la naïveté et l'espoir ne sont pas des excuses, mon capitaine, et vous saviez bien que, pas plus que moi, vous ne pouviez être absous[2] de sa mort. Vous avez baissé les yeux et murmuré, je m'en souviens très bien, vous me l'avez pris, Andreani, vous me l'avez pris, d'une voix brisée, et j'ai eu honte pour vous, qui n'aviez même plus la force de dissimuler l'obscénité de votre chagrin. Quand vous vous êtes ressaisi, vous m'avez fait un geste de la main sans plus me regarder, le même geste dont on congédie

1. Il s'agit de Tahar. Son exécution est déguisée en suicide par Andreani.
2. **Absous** : pardonné, excusé, disculpé.

les domestiques et les chiens, et vous vous êtes impatienté parce que je prenais le temps de vous saluer, vous avez dit, foutez-moi le camp, lieutenant ! mais j'ai achevé mon salut et j'ai soigneusement effectué un demi-tour réglementaire avant de sortir parce qu'il y a des choses plus importantes que vos états d'âme. J'ai été heureux de me retrouver dans la rue, je vous le confesse, mon capitaine, et d'échapper au spectacle répugnant de vos tourments et de vos luttes perdues d'avance contre vous-même. J'ai respiré l'air pur et j'ai pensé qu'il me faudrait peut-être recommander à l'état-major de vous relever[1] de toutes vos responsabilités, que c'était mon devoir, mais j'ai vite renoncé à cette idée, mon capitaine, car il n'existe pas d'autre vertu que la loyauté.

Jérôme Ferrari, *Où j'ai laissé mon âme*, Actes Sud, 2010, rééd. coll. « Babel », 2014, p. 11-12.

Questions sur les textes

1. Quels moments de la guerre d'Algérie évoquent les textes de ce *corpus* ?
2. À la différence du texte d'Ahmed Madani, ces trois extraits ne relèvent pas du genre théâtral mais du récit. Ils font le choix de partis pris narratifs différents. Pour chacun, précisez qui parle, et à qui. Quel est l'effet produit ?
3. Quels rapprochements pouvez-vous faire entre ces textes et la pièce d'Ahmed Madani ? Pour répondre à cette question, intéressez-vous aux thématiques qui les traversent ainsi qu'aux personnages qu'ils convoquent.
4. Ces trois textes sont des *incipit* de roman. Comme l'exposition théâtrale, le début d'un récit doit informer le lecteur mais aussi capter son attention. Quel début jugez-vous le plus réussi ? Justifiez votre réponse.

---

1. **Relever** : décharger.

Le coin des arts

L'arbre généalogique

Cahier photos, p. IV-V

L'œuvre d'Ahmed Madani explore les liens familiaux et générationnels, soulignant l'importance de la transmission dans la construction de soi ; elle sonde aussi les difficultés de l'entreprise qui consiste à se raconter. Ces questionnements invitent à rapprocher la pièce d'un motif métaphorique qui parcourt le domaine des arts : l'arbre généalogique.

Depuis l'Antiquité, la métaphore végétale est courante pour symboliser la famille : les fruits représentent les membres de celle-ci et les branches figurent les relations de parenté qu'ils entretiennent. Au Moyen Âge, l'arbre généalogique est utilisé dans l'imagerie religieuse : il donne à voir la généalogie du Christ et sert à instruire les clercs et les fidèles. Par la suite, l'arbre généalogique est aussi employé dans le domaine juridique (comme outil en matière de succession ou pour signifier un empêchement au mariage en raison d'une parenté trop rapprochée), et par les rois (par son biais, ils exposent leur lignée prestigieuse) : il rencontre un grand succès dès le XVIe siècle. Aujourd'hui, il s'inscrit principalement dans une démarche autobiographique de quête des origines et de l'histoire familiale.

Reproduisant des arbres généalogiques du Moyen Âge à nos jours, de type ascendant (qui visent à identifier tous les ancêtres d'une personne) comme descendant (qui reconstituent la descendance d'une personne), le cahier photos donne un aperçu de sa fécondité picturale et de ses enjeux.

L'arbre de Jessé **(doc. 5)** est le nom donné traditionnellement à l'arbre exposant les ancêtres du Christ depuis Jessé, père du roi David. Sur l'enluminure proposée, Jessé est représenté assis sur un trône et somnolant (par allusion au songe prophétique qui lui aurait annoncé sa lignée). Sa descendance est figurée par les ramures. La présence de David, au centre de l'image, avec une harpe, et celle du Christ, à la cime de l'arbre, sur les genoux de sa mère Marie, soulignent à la fois les origines royales du Christ et la descendance sacrée des rois.

On appelle « arbre de consanguinité » (doc. 6) l'arbre qui donne à voir les différents membres de la famille et leur degré de parenté pour interdire des mariages entre les personnes ayant un ou plusieurs ancêtres communs. L'arbre peint dans ce manuscrit juridique du XVe siècle contient un couple originel et trois générations : il figure ainsi l'interdiction de mariage jusqu'à la quatrième génération (avant 1215, elle courait jusqu'à la septième génération). Son originalité réside dans une représentation à la fois réaliste et symbolique de la famille et de ses membres. Chaque génération est saisie à un âge différent de la vie, les plus jeunes renvoyant à la dernière génération en date. Les hommes (à gauche de l'image) sont séparés des femmes et associés à des motifs de domination (une bourse pleine d'argent, un château...).
Au XXe siècle, les artistes comme Frida Kahlo ont largement renouvelé l'approche de l'arbre généalogique. À des informations sur la filiation, la peintre mêle le récit d'épisodes de sa vie (doc. 7).

Questions sur les œuvres

Ensemble des œuvres

1. Comment les œuvres de ce cahier photos figurent-elles la filiation ?

Peinture de Frida Kahlo

2. Quels éléments caractéristiques de l'arbre généalogique retrouve-t-on dans cette œuvre ? Analysez en particulier sa composition et les personnages représentés. Quel élément symbolise le lien familial ?
3. Décrivez le décor qui figure à droite et à gauche du tableau : selon vous, quelles informations apporte-t-il sur les origines de la peintre ?
4. En quoi peut-on dire que ce tableau comporte une dimension narrative ? Documentez-vous sur la vie de Frida Kahlo : quels éléments de sa biographie retrouvez-vous dans ce tableau ?
5. Portrait familial, autoportrait ou récit de vie : de quelle catégorie pouvez-vous rapprocher cette œuvre ? À quel genre littéraire la démarche de la peintre peut-elle être associée ? Justifiez votre réponse.

Visions crépusculaires

Cahier photos, p. VI-VIII

En l'inscrivant dans le titre de sa pièce, Ahmed Madani fait de la nuit un motif significatif de son œuvre. Si la nuit symbolise l'état psychologique des personnages au début du texte, c'est-à-dire la confusion dans laquelle chacun se trouve, elle est aussi le cadre de leur évolution (de nombreux tableaux se déroulent de nuit), espace temporel propice d'abord à l'inquiétude, voire à la terreur, puis à la confidence et enfin à l'apaisement. Aussi la nuit présente-t-elle différents visages dans la pièce. Comme Ahmed Madani, nombreux sont les artistes qui s'intéressent à ce motif, explorant son mystère et sa poésie. Les œuvres réunies dans le cahier photos en témoignent.

Ainsi, dans le tableau du peintre suisse Johann Heinrich Füssli (1741-1825), la nuit suscite d'étranges visions (démon et cheval) qui semblent visiter l'esprit endormi d'une jeune femme aux courbes voluptueuses : figuration du cauchemar, évocation de la mort, image de l'agression, l'œuvre autorise des lectures multiples sans en privilégier aucune **(doc. 8)**. L'artiste américaine Lee Krasner (1908-1984) accroît encore cette liberté interprétative dans sa peinture aussi sombre qu'envoûtante : les formes abstraites composent des tourbillons menaçants et cauchemardesques à moins qu'il ne s'agisse d'une concentration d'yeux inquisiteurs, de têtes angoissantes ou de bouches déformées par des cris **(doc. 9)**...

C'est une vision moins terrifiante qu'offre le peintre américain Winslow Homer (1836-1910) : le clair-obscur, l'incertitude des formes, les silhouettes fantomatiques qui dansent sur le rivage suggèrent à la fois le mystère et la fascination qu'exercent la profondeur de la nuit et l'immensité de l'océan **(doc. 10)**. Enfin, le paysage de l'artiste britannique contemporain Peter Doig (né en 1959) souligne lui aussi le caractère gigantesque de la nature. Le ciel occupe les deux tiers de la toile et la partie terrestre, encadrée par la Voie lactée et son reflet dans l'eau, paraît être au centre de l'univers représenté. La petitesse du canoë au milieu de l'eau renforce encore l'immensité d'un paysage nocturne étrangement coloré et lumineux **(doc. 11)**.

Quels que soient les partis pris des artistes, leurs œuvres révèlent toutes la puissance émotionnelle de la nuit et sa grande plasticité.

Questions sur les œuvres

1. Lequel de ces tableaux correspond le plus à l'image que vous vous faites de la nuit ? Quel est celui que vous préférez ? Justifiez vos réponses.
2. Associez à chacune des œuvres un passage précis de la pièce d'Ahmed Madani en justifiant votre rapprochement.

OUVRAGE RÉALISÉ
PAR L'ATELIER GRAPHIQUE ACTES SUD
REPRODUIT ET ACHEVÉ D'IMPRIMER
SUR PAPIER FABRIQUÉ À PARTIR DE BOIS
PROVENANT DE FORÊTS GÉRÉES DURABLEMENT
EN JUIN 2022
PAR L'IMPRIMERIE NOVOPRINT
À BARCELONE
POUR LE COMPTE DES ÉDITIONS
ACTES SUD
LE MÉJAN
PLACE NINA-BERBEROVA
13200 ARLES

Dessin de couverture : Claire Le Gal
Direction des pages BD : Thomas Gabison
Création graphique intérieure : Christel Fontes et Cursives
Création graphique couverture : Christel Fontes et Thomas Gabison
Réalisation maquette intérieure : Cyrielle Perrin

Collection dirigée par Tiphaine Pelé

DÉPÔT LÉGAL
1re ÉDITION : MAI 2021
(Imprimé en Espagne)